致青春 061

喜歡你暗戀我的樣子

—下—

烏雲冉冉　著

高寶書版集團

目錄

CONTENTS

第五章　戳破祕密

景鈺接到景辰的電話時，正和曹文博走在回學校的路上，以為這時候找她有什麼要緊的事情，結果只是問她明天去不去圖書館。

景鈺正要回答，又覺得有點奇怪：「找我有事？」

『沒有。』

景鈺更奇怪了：「沒事怎麼突然關心起我了？」

話剛問出口，她很快想到一種可能：「要給我筆記？」

景辰頓了頓，沒說筆記的事情，直捷了當地說：『我是想提醒妳明天別去圖書館了。』

「為什麼？」

『我今天在圖書館看到機械系那個男生了。』

景鈺怔了怔：「你說誰？」

『就是妳之前在家裡提過的那個人……』

沒等景辰說下去，景鈺已經想起是誰了。大二那年有個機械系的男生追她，追就追，她這人也不高冷，反而挺開朗大方的，所以對追她的男生也沒有刻意冷淡，更不會疾言厲色。有不少男生追著追著就成了她的朋友，大部分的人就算沒和她成為朋友，至少也不會交惡。

唯獨機械系這位，景鈺覺得他腦子有點問題，思考方式和大多數的人不一樣。他追她那段時間經常跟蹤她、偷拍她，然後也不知道是出於什麼心態，事後還會把他偷拍到的那些照片傳給她。在圖書館、自習教室，甚至是操場上，好像校園裡任何一個角落都有他的眼睛。這件事讓神經比筷子都粗的景鈺一度失眠，精神緊張，不敢隨便出門了，更不敢去圖書館這種隨時都能被人找到的地方。

後來她對家人說了這件事，在家人的建議下又和學校反映，那人的導師找他談了幾次，才終於作罷，景鈺的生活也漸漸回歸了正軌。

景辰的確知道這事情，但景鈺最不堪其擾那陣子，景辰還在國外。所以原本是沒見過這個人的，不過前段時間姐弟倆在學校附近吃飯時又見到了那人，那人也看到了景鈺，事情過去了這麼久，他看她的眼神還是很詭異。

當時景辰很快察覺出不對，第一時間就猜到了對方是誰。

景鈺緊張兮兮地問：「他去圖書館幹什麼？讀書嗎？」

景辰輕咳一聲：『不太像，更像是在找什麼。』

景鈺如臨大敵：「上次遇上他，他看我的眼神就有點不對勁，我是做了什麼又刺激到他，讓他故態復萌了？」

景辰猶豫了一下說：『也不一定是在找妳吧……』

「算了，安全第一，我還是躲躲吧。」

景鈺心事重重地掛上電話，此時的她什麼心情都沒有了，不經意間回頭，對上了曹文博擔憂的眼神，她想也沒想就說：「現在太晚了，你必須把我送到宿舍樓下。」

曹文博立刻說：「那當然，妳不說我也會送。對了，是景辰的電話嗎？遇到什麼麻煩了嗎？」

景鈺看看他，猶豫了一下終究還是搖搖頭。曹文博三番兩次頗有誠意的道歉，早就讓景鈺把對他的那一點點不滿消除了，但她也知道，他和她只是比認識再熟悉一點，算不上真正的朋友，所以還沒到什麼事都能跟他說的程度。

曹文博似乎也理解，並沒有追問下去。

葉涵歌以為林老師的合作公司送的產品應該是電子產品，看盒子的大小，多半可能是藍牙耳機之類的東西。可當她打開藍色絲絨盒時，卻看到了一條銀色的項鍊。

難怪景辰說是女孩子用的東西。

她拎起項鍊看了看，吊墜非常精緻，銀色金屬圓環中有一個透明腔體，腔體裡有個月亮圖案的小墜子，會隨著吊墜的晃動而左右轉動。她反覆看了好一陣子，簡直愛不釋手。

戴在脖子上對著鏡子照了照，雖然不知道這東西究竟是什麼材質的，看起來非常精巧。她突然擔心這項鍊價值不菲，即便不是花錢買的，那也是占了大便宜。

但看到那個有著合作公司標誌的包裝盒，又釋然了，這種公司批發製作的禮物，成本一般都不高，所以這項鍊其實是某種合金材質吧？這樣更好，她不擔心受之有愧，收到禮物的心情就更好了一些。

她這邊剛剛臭美完，宿舍的門就被人從外推開，是景鈺回來了。

看她臉上一點喜色都沒有，葉涵歌以為又是和曹文博鬧了不愉快，小心翼翼地問：「怎麼了？」

景鈺把景辰說的話轉述了一遍。

葉涵歌的表情也凝重起來，但還是安慰景鈺說：「也不一定就是找妳，可能在找其他人或者什麼書。」

「但願吧，唉，反正我這幾天是不敢去圖書館了。」

「也行，那妳就在宿舍複習吧。」

景鈺問：「妳呢，明天還去圖書館嗎？」

葉涵歌突然想起今天景辰說的話，明天景鈺既然不去圖書館了，那麼要給景鈺筆記還是要找她。想到這裡，竟然覺得有點開心。

「對，在圖書館自習效率高。」

「一個人複習太無聊了，這樣吧，明天中午吃飯時我去找妳。」

葉涵歌說：「好。」

景鈺突然注意到葉涵歌桌上多出來的藍色盒子，有點好奇：「這是什麼？聖誕禮物？」

葉涵歌反射性地想把東西藏起來，但顯然已經來不及了，那項鍊已被景鈺拿在了手上。

她只好說：「也算不上吧。這是林老師的合作方送給景辰的小禮物，因為是女孩子用的，今天我們又正好在圖書館裡遇到，他大概是可憐我一個人沒地方過節，也沒收到禮物，就順手把這個送給我了。」

葉涵歌這番話半真半假，她特地把兩人見面說成「遇到」，是因為她覺得兩人見了面，她沒拿到筆記卻收到了聖誕禮物，這不太好解釋。

景鈺若有所思地點點頭：「沒道理景辰有禮物，曹文博沒有呀，怎麼沒聽他提起？」

她拿著那項鍊左看右看，末了撇撇嘴說：「小氣鬼。」

要是一般的東西，哪怕再貴，只要景鈺喜歡，葉涵歌都不會吝惜，但這是景辰第一次送她禮物，雖然只是隨手送的，意義也非比尋常。

葉涵歌訕笑著拿過那條項鍊，小心翼翼地把它重新放回包裝盒內。

景鈺突然說：「等一下。」

葉涵歌不明所以，看著景鈺又從她手裡拿回鏈子看了看，再從桌上拿起那個藍色絲絨小盒子看了看：「這盒子不像是裝項鍊的呀。」

葉涵歌這才注意到，這個盒子比起裝項鍊的盒子好像小了一些。裝項鍊的盒子裡面一般會有不少於兩個的固定點，把鏈子展開固定上去，吊墜可以很好地呈現出來。但是這個盒子裡面只有一個固定點，倒更像是固定胸針、戒指之類的東西的。

景鈺不說，葉涵歌還沒注意到，她擰眉想了想說：「這家公司是做電子產品的，可能對首飾包裝不在行吧。」

景鈺不以為然：「這東西又不是他們自己做的，都是外包給專門的首飾公司訂製的，再說，妳看這項鍊做的，放在首飾專櫃裡也很顯眼，不像是不專業的樣子。」

「那可能就是為了節省空間，所以把包裝盒設計得這麼小。」

兩人討論了一會兒，發現也只有這種可能了。

「哦，對了。」景鈺說，「景辰說要給我的筆記，帶回來了嗎？」

葉涵歌假裝要去洗漱：「沒有，他今天沒帶在身上。」

景鈺總覺得哪裡不對勁，但也沒有深想。

葉涵歌已經進了浴室，隔著門對她說：「我先洗漱了啊，一會兒出來跟妳說。」

可等她出來時，景鈺早把這事忘在腦後了。

第二天，葉涵歌等了一上午也沒等到景辰聯繫她。而景鈺那頭睡到快中午才起床，一起來就嚷嚷著餓，一直催她去吃午飯。

葉涵歌看了眼時間，猜測景辰應該下午才會來，於是回覆景鈺：『那妳現在出來吧，我們在圖書館樓下見。』

訊息剛傳出去，立刻又有新訊息傳來。葉涵歌以為是景鈺，點開一看竟然是景辰，說他五分鐘後到圖書館樓下。

葉涵歌長吁一口氣，還好時間剛剛好。

停課以後，因為考慮到大學生要複習期末考試，尤其是像葉涵歌這種有希望保送研究所的學生，期末成績對她來說是非常重要的，林老師特地給她放了假，這段時間不用管實驗室的事情，專心複習。這樣一來就沒有理由再去實驗室，所以想見到景辰也沒那麼容易了。她這一上午殫精竭慮就是怕時間不湊巧，他回頭直接把筆記給了景鈺，那樣又少了一次見面的機會，還好他應該會在景鈺之前到圖書館。

葉涵歌一邊在心裡盤算著，一邊不無自嘲地想，為了每天見他一面，真是煞費苦心了。

剛收拾好東西下了樓，就見景辰拎著一袋東西從實驗大樓的方向走來。

這次看分量應該是筆記，她連忙迎上去，景辰卻沒急著把手上的東西給她。

他只是撐開袋口給她看了一眼：「裡面有一份是我那師兄的原稿，還有一份是我影印的，正好妳和景鈺一人一份，另外一本是我這些天看了妳們的教材和歷屆考題後總結的重點，也是一份手寫，一份影印版，妳們有時間的話也可以看看。」

葉涵歌邊聽邊點頭，景辰卻在一番介紹之後又把袋子收了回去：「先去吃飯吧，等等妳要走的時候再給妳。」

這是要跟她一起吃飯的意思？剛有點高興，轉瞬間又想起已經約了景鈺，正想提議三個人一起吃飯，就聽到身後有人叫她的名字，回頭一看正是急急忙忙趕來的景鈺。

看到他姐出現，景辰的神色黯淡了幾分。不讓她和葉涵歌一起來圖書館，就是想有個藉口見葉涵歌，刻意等到吃午飯的時候，也是想著一起吃飯，他們兩人單獨相處的時間就能更久了。其實昨晚的氣氛挺不錯的，想著多幾次這種曖昧的經歷，她就算再少根筋，對他和對其他男生也應該有所不同吧，沒想到攪局的人這麼快就趕來了。

景鈺見到兩人，起初很高興，很快又想到什麼，擔憂地看了看四周，然後拉著他們躲到一個偏僻的角落才放心說話。

「來送筆記的？」景鈺一邊問著，一邊伸手從景辰手裡拿過那個紙袋。

翻了翻裡面的東西，有兩本是手寫筆記，其中一本比較舊，她猜是景辰的那位師兄的，還有一本非常新，打開來翻了幾頁，字跡相當熟悉。

「你的筆記？」話一出口，景鈺又覺得不對勁，「不對呀，你又沒參加過大三的考試。」

景辰面無表情：「我有資料，也有腦子。」

葉涵歌在一旁解釋：「這是景師兄根據我們的課本還有歷屆考題總結出來的。」

景鈺翻了個白眼，對景辰的話很是不屑。

景辰見狀就要拿回自己那本筆記，卻被景鈺快速躲開了。

景鈺嘻嘻笑著說：「筆記做都做了，你又用不上，留著幹什麼？」

「那也不能便宜了某些忘恩負義的人。」

「怎麼能這樣說你親愛的堂姐呢？」說完景鈺拍了拍筆記本，故作大方地說，「看在你一片孝心的分上，這筆記堂姐我就收下了。」

葉涵歌低頭忍笑。

景辰的臉色不好看，但礙於葉涵歌在場，也不好發作，罵了句「神經病」轉身就要走。

景鈺拉著葉涵歌跟上：「我剛才聽到妳說要請我們吃飯對吧？」

景辰回頭看她，下巴朝她手上那袋筆記揚了揚，似笑非笑地說：「受了我這麼大恩惠，不該請客嗎？妳不是愛吃咖哩蟹嗎？那就咖哩蟹吧。」

沒等景鈺回話，葉涵歌搶著說：「這筆記特別珍貴，我們是該請客，今天就我來吧，下次再換景鈺。」

對景辰這堂弟，景鈺一向不會手下留情，但小閨密的經濟狀況她再清楚不過，雖然家裡的生活費給得不少，可是女孩子嘛，要吃吃喝喝還愛美，買個腮紅、粉餅都要精打細算，所以怎麼能讓葉涵歌請客呢？

她豪氣地說：「我請就我請，不過咖哩蟹我昨晚吃得夠多了，你們選其他的吧。」

景辰聞言只是看她一眼沒有說話。

葉涵歌還想再為自己爭取一下請客的機會，卻被景鈺堅決地駁回了。

最後三人商量著去了學校附近的一家家常菜館。

吃飯時三人有一搭沒一搭地聊著，葉涵歌隨口問景鈺：「妳和曹師兄昨天晚上在哪裡吃飯？」

景鈺說：「新街口廣場頂樓那家。」

葉涵歌笑著說：「曹師兄的賠罪很有誠意呀，這下妳總該原諒他了吧？」

景鈺驕矜地笑笑：「昨天他說想吃什麼就點什麼，既然如此，我就照辦了，就想看看他心疼不心疼，還好他沒表現出來。」

葉涵歌聞言嘴角動了動，說實話，她都替曹文博心疼。新街口廣場那家店她知道，但是從來沒去過，因為聽說那家店和一般的泰式餐館不一樣，隨便點幾個菜就要荷包大失血，照景鈺這說法，昨天曹師兄是大出血了。

「喀搭」一聲，是景辰放茶杯的聲音。

葉涵歌和景鈺都抬頭看他，他的臉上沒什麼表情，開口說話時也還是那副不急不緩的口吻：「他一學期那一點助教薪水也只夠吃兩三頓咖哩蟹，不過誰叫他運氣不好，遇上個製造假車禍的。」

誰知道景鈺聽了這話也「喀搭」一聲，把筷子重重地放在碗碟上：「我逼他了嗎？考試時我也沒逼著他通融我啊，我是寫得牛頭不對馬嘴，但這就能成為背後嘲笑我的理由嗎？請我吃飯賠罪也是他主動提出的，點菜也是他讓我點的，我怎麼就成假車禍的了？」

葉涵歌眼見著景鈺是真的動氣了，連忙安撫她：「隨便聊兩句怎麼還生氣了？消消氣！消消氣！」

然而景辰沒把景鈺的氣勢洶洶太當回事，還是那副慢條斯理的樣子：「妳之前『模電』也被當了，代課的王教授倒是沒在背後說妳什麼，他當面說妳不求上進，妳也很生氣，怎麼沒見妳天天陰魂不散地盯著他老人家？也知道柿子要挑軟的捏？」

景鈺一時啞口無言。

景辰接著說：「也就是文博脾氣好，妳上課那副德行，算得上是騷擾了吧？還嫌棄機械系那男的？我看妳們挺配的。」

最後這一句話刺痛了景鈺，她氣鼓鼓地瞪著景辰：「你到底站在哪一邊的？」

景辰低頭吃飯：「中間。」

本來很嚴肅，甚至有點劍拔弩張的氣氛，但葉涵歌就是沒忍住，被這一句「中間」逗笑了。不過也多虧她這「不合時宜」的笑，頓時把緊張的氣氛化解了大半。

景鈺撇撇嘴，不情不願地拿起筷子邊吃邊說：「知道你和你那傻同學親如兄弟，不就是吃一頓飯嗎？看你心疼成這樣，大不了回頭找機會補給他嘛，我景鈺從來不占別人的便宜。」

這話倒是真的，景鈺從小家境不錯，人也挺率性瀟灑，對認為值得交往的人一向慷慨大方，可能會偶爾使個小心眼捉弄捉弄誰，但興致過去了，也不會讓對方吃什麼虧。對曹文博大抵也是如此。

景辰沒再說什麼，景鈺吃了兩口飯，突然探究地打量起他。

景辰感受到了，微微皺眉抬起眼看她：「又怎麼了？」

景鈺咬著筷子頭問：「你到底為了誰回來的？該不會就是曹文博吧？」

「咳咳咳咳咳……」景鈺話音剛落，景辰就狂咳了起來。

葉涵歌見狀連忙遞杯子給他，他捂著嘴，似乎想說謝謝，但還是控制不住地咳嗽，漲紅著臉略微朝她點點頭。

狂灌了幾口水，景辰總算恢復過來了，對上景鈺的嬉皮笑臉，他也沒轍：「腦子有病是不是？」

景鈺不以為然：「這有什麼不可能的？能讓蔣遠輝幫你裝一個多月的水，你在男生當中也很吃得開啊！」

景辰沒好氣道：「妳是不是吃飽了？」

「這才剛開始，急什麼啊？」

姐弟倆又是一番你來我往的刀光劍影，葉涵歌卻覺得他們的話她有點聽不懂了。

就在她沉默的時候，景辰毫無預兆地突然回頭看她：「我喜歡女生。」

他這舉動讓葉涵歌頓時有點慌，一時間不知道該怎麼回應。

他這輩子從來沒說過這種話，說完也自覺尷尬地轉過頭去，原本白皙的耳根到脖頸都紅透了。

景鈺哈哈大笑起來，一副奸計得逞的模樣。

❄

接下來的時間大家都十分忙碌，考慮到今年過年比往年早，這一次期末考試的戰線沒有拖得很長，短短一週時間結束了所有科目的考試，而此時距離過年也只剩下半個月的時間了。

大學生比研究生幸福，考完最後一科就可以回家，研究生要等到過年前幾天才能回去。

景鈺一直惦記著要把那頓咖哩蟹的人情還給曹文博，聽說他正好一月份生日，便想著不如送他一個生日禮物。

葉涵歌放了假回到家後也沒事，就陪著景鈺選給曹文博的禮物。兩人商量了一番，最後景鈺決定買個平板電腦給曹文博。

葉涵歌說：「送平板電腦會不會太貴重了點？」

景鈺憤憤地說：「景辰那傢伙不是怕我占他兄弟的便宜嗎？我就讓他知道我景鈺從來不占人便宜。」

決定了之後，趁著春節前快遞還沒停運，景鈺直接把平板電腦包裝好寄給曹文博。

曹文博收到快遞時還以為是誰買的東西寄錯了，直到看到裡面的卡片，才知道這竟然是景鈺送給他的生日禮物！不知所措的同時，他那顆老心臟也不爭氣地狂跳著！

上大學以後他基本上就不過生日了，同學中知道他的生日的沒幾個，記得的可以說沒有半個。一個跟他還算不上熟悉的女生竟然知道他的生日，可見是下足了功夫用了心，再看這禮物，不便宜。

難道景鈺對他有什麼不同於旁人的感情？

他對分析女孩子的想法著實沒什麼經驗，這個時間點宿舍裡連個能幫他分析一下的人也沒有，大家都在實驗室，只有他是被臨時叫回來簽收快遞的。

他想了想，打電話給景辰，把收到禮物的事情簡單地說了。

景辰立刻就知道，這是他姐玩夠了，在還人情了。

他說：『挺好的，你就當你的助教費買了個平板吧。』

誰知他隨口的一句話，電話另一頭的曹文博竟然生氣了。

「我當初請她吃飯就是真的想請她吃飯，沒有想別的！」

景辰沒想到他的反應這麼大，頓了頓說：『我是說你們這樣你來我往挺好的，證明矛盾徹底解決了。』

曹文博這才又呵呵傻笑起來，像是自言自語又像是在問他：「也不知道她是怎麼知道我的生日的……」

『上次我們一起出差，我幫你訂機票，有看過你的身分證。』

「她還專門來問你我的生日啊……」

景辰不由得蹙起眉頭，有點不知道曹文博想表達什麼。

曹文博又說：「這生日禮物是不是太貴重了？」

景辰說：『對景鈺來說，還好。』

「那她也不是什麼人都送這麼貴重的禮物吧？」

『你到底想說什麼？』

曹文博吞吞吐吐，半晌才說：「你說我們堂姐是不是看上我了？」

『咳咳咳咳……』饒是一向淡定的景辰，也被曹文博這聲「堂姐」和他的腦迴路驚住了。不過仔細想想，也不是一點可能都沒有。

景鈺的喜好並不單一，這也導致她很容易就遇上一個她喜歡的，也很容易遇上另一個更喜歡的，所以光是有名分的男朋友，他就聽說過六、七個了。可他瞭解的曹文博，除了大一時暗戀過班上一個女生，至今還沒有談過戀愛。

他沒有回答曹文博的問題，而是問：『你眼睛好嗎？』

曹文博愣了愣，雖然不知道景辰的話題為什麼一下子跳到眼睛上來，但還是認真地想了一下，他的眼鏡度數也只有兩三百，這樣應該還算可以吧。

他回答景辰：「還可以。」

景辰點點頭：『不瞎就行。』

掛上電話後曹文博一頭霧水，景辰說他瞎是什麼意思？是說他看上景鈺瞎，還是說他瞎了才會覺得景鈺看上了他？

末了，他自嘲地笑笑，那肯定是後者了。

景鈺剛搞定了曹文博的生日禮物，又接到了高中班長的電話。班長說原本想著等暑假時安排一個畢業三週年聚會，結果他這學期確定了明年要出國交流的計畫，不知道暑假有沒有機會回來，於是想把聚會提前，拜託景鈺幫忙。

景鈺以前是班上的康樂股長，班上但凡要安排什麼活動，都是她來。

不過高中畢業以後，除了像葉涵歌這樣本來就很要好的同學，景鈺幾乎沒和以前的同學聯繫過。但她和班長關係不錯，對方既然提出來了，她也不好意思拒絕，於是爽快地答應了下來。

班長猶豫著：『妳說我們安排在過年前好，還是過年後好？我看馬上就要過年了，是不是來不及通知人了？要不然年後？』

「年後不行。」

景鈺早就聽葉涵歌說今年要去外地過年，因為她的爺爺、奶奶腿腳不好，從今年起冬天就都在三亞市過了。聚會本來就夠無聊了，如果沒有葉涵歌，她忙這些還有什麼意義？

景鈺解釋說：「好多人都出去過年，不如就這幾天吧，安排起來也快。」

班長沒什麼意見，於是兩人分工，班長負責訂飯店，景鈺負責通知人。

雖然只是發個通知，卻也不簡單。既然是最大規模的聚會，那就要力求所有人都邀請到，她平時聯繫的人不多，大部分是同學托同學找到了聯繫方式，也有幾個還是沒聯繫上。

景鈺想起高中畢業時請大家寫了同學錄，當時是無差別對待，只要是認識的人就會要求寫一份。那上面所有人都留了網路社群帳號，有的還留了通訊軟體帳號和手機號碼。時隔兩年，大家天南海北的，手機號和通訊軟體帳號可能已經換了，但社群帳號或許還能找到人。想到這裡，景鈺翻箱倒櫃地找起自己的同學錄來。

可是幾乎把房間翻了個遍，她也沒找到那本同學錄。

她扯著嗓子喊她媽：「妳看到我的同學錄了嗎？」

她媽在廚房做飯，聽不清她說了什麼：「什麼路？」

景鈺翻了個白眼，走到廚房門口問她媽：「就是一個相簿一樣大的本子，我高中畢業時同學寫的同學錄，藍色的，有印象嗎？」

景鈺媽媽想了片刻：「沒什麼印象。要不然妳去景辰的房間裡找找，妳不是總偷偷摸摸把不用的東西往人家房間裡塞嗎？」

景鈺眼睛一亮，這麼一說，還真的有可能在景辰那！

因為景辰的父母常年在外出差，景辰假期回家時父母不一定在家，怕他一個人沒人照顧，一直到他高中畢業後景鈺家還留有他的房間。而且他跟叔叔、嬸嬸的感情也好，所以每年放假回來都會過來住上一段時間。

但在景辰出國後，每年回家的時間少了很多，有時候一年也只在景鈺家住三、五天。景鈺就是這時候開始一點點侵占他的地盤的，她那裡放不下的東西，就會偷偷拿一些不常用的放到他房裡。

記得前年暑假他剛走，她就整理出了一大堆高中時的東西放到房裡。

想到這裡，她風風火火地衝進景辰的房間，按照模糊的記憶在一個整理箱中找到那堆舊物，本來以為要費一番工夫的，沒想到她要找的同學錄就放在那堆東西最上面最顯眼的位置。

拂掉封面上的灰，景鈺翻開來看，這一看就被裡面的內容吸引住了。

這本同學錄買回來時還只是個半成品，裡面的裝飾全是後來她自己添加上去的。每個同學的留言背面會有一個貼照片的空白頁。當時幫她寫同學錄的同學還能經常見到，所以這些照片也不覺得有多珍貴。如今高中畢業兩年半了，有些人一直沒有見面，再看當時拍下的這些照片，便覺得格外有重量。

然而翻到某一頁時，固定照片的貼紙還在，照片卻不見了。她以為是掉在了箱子裡，可把箱子翻了個遍也沒找到。重新翻開那一頁，試圖想起丟的是哪一張，然而時間的確太久遠了，她早忘了當初拍了哪些。不過這張照片下面，她自己寫上去的留言是：『有妳真好。』

景鈺這種人，向來是男人如衣服常換常新，閨密如手足只此一雙。所以能讓她難得感性，寫下這樣的話的人不會是別人，只會是葉涵歌。但她想不起來丟的到底是哪一張，因為畢業時她跟葉涵歌拍的照片最多。

就在這時，門外響起媽媽的聲音：「我剛打掃過的房間妳別再弄亂了，過完年景辰要來家裡住幾天。」

景鈺撇撇嘴，把整理箱蓋好重新塞回床下，嘴裡不滿地嘀咕著：「也不知道誰才是親生的。」

景鈺按照同學錄上留下的各種聯繫方式，聯繫上了大部分的高中同學，終於在過年前把大家聚在一起。

兩年的時間能讓人改變很多，比如原本在班上坐在她前面的那個女生。高中時靦腆單純，跟景鈺關係不錯，畢業才兩年，從穿著打扮到性格彷彿變了個人，以前明明跟誰都不熟，現在見了老同學，跟誰都能聊上幾個小時，跟景鈺就更是如此了。

甚至像是為了給人展示她和景鈺多熟悉一樣，特別喜歡當著眾人的面問景鈺一些相對隱私的問題。

大家同學一場，起初景鈺還不想太駁人面子，能回答的就回答，不能回答的笑笑帶過，直到對方提到了趙柯。

「妳跟趙柯還有聯繫嗎？就是比我們高一個年級的那個！我記得妳們當時交往挺久的。」

景鈺壓著火氣：「沒聯繫。」

「不會吧？我記得他也考去了金寧，妳考去金寧不就是為了他嗎？」

葉涵歌聽到這裡就覺得要糟了，果然就見景鈺直接起身：「妳是我的什麼人啊？問東問西的！看看妳今天這德行，打扮得跟我農村來的二表姑似的，以為誰都跟妳很熟啊？嘮嘮叨叨個沒完，煩不煩啊！趙柯這個垃圾妳這麼想他，妳去找他啊，問我幹什麼！」

一瞬間的安靜之後，終於有人回過神來，上來勸景鈺，葉涵歌就是其中一個。而那個被景鈺罵了的女生，嘴唇嚅動了片刻，像是要說什麼，最後卻「哇」的一聲大哭了起來。於是那些來勸景鈺的又只好去安慰那女生，只剩下葉涵歌陪著景鈺。

就這樣，難得的一次同學聚會在詭異的氣氛中收了場。

幾天之後景鈺回到奶奶家過年，爺爺、奶奶一共生了八個孩子，所以景鈺他們這一輩的兄弟姐妹也多。她是這一輩中最大的一個，下面就是景辰，景辰下面還有幾個弟弟、妹妹，大一點的也上大學了，小的才剛上小學。

每年過年，景鈺就像個孩子王，領著弟弟、妹妹放煙火。小時候還樂在其中，可越長大越嫌小孩子煩。這時候她看到景辰就更加不爽了，明明只比她小幾個月，她就得像個長輩一樣帶孩子，他卻能安安靜靜地躲在房間裡看書！

景鈺剛坐下歇了一下子，三叔家剛上小學的小堂弟又來找她，說是代表其他幾個和他年齡相仿的兄弟姐妹來的，他們晚上想去廣場看篝火、放煙火。

景鈺敷衍他：「家裡的煙花昨晚你們不是都放完了嗎？還怎麼放？」

小堂弟也不傻：「樓下超市開著門呢，我們可以去買。」

景鈺不耐煩：「讓你二哥帶你們去！」

小堂弟說：「二哥哥在看書呢，我們就不去打擾了。」

景鈺對天翻了個白眼：「我還在看手機呢！」

這時候景鈺她媽正好路過房間門口，聽到姪子和女兒的對話氣不打一處來：「妳看手機是什麼了不得的正經事嗎？弟弟跟妳了說半天，妳看妳那是什麼態度！趕緊吃完晚飯帶著他們去吧，注意安全就行。」

景鈺心裡叫苦，大過年的也不好太叛逆。他們小孩子喜歡的那些花炮什麼的可不便宜，之前豪氣萬丈地送了生日禮物給曹文博，當時並不在意是因為想著馬上又有壓歲錢入帳了，誰知道景辰那個傢伙說研究生可以養自己，說什麼也不收壓歲錢，她想說自己還是貧窮的大學生，很有必要收點壓歲錢，沒承想還沒等到自己說話，自己的親媽先替自己拒絕了。

怪誰呢？她媽也是要面子，要怪就只能怪她的好堂弟！

想到這，景鈺上樓去敲景辰的房門。

他既然不願意出力，出點錢總行吧。

景辰見她進門，只是微微掀動了一下眼皮，便繼續低頭看書。

景鈺瞧他這副模樣心裡就不爽，陰陽怪氣地說：「能養活自己的大研究生，現在你弟弟、妹妹要去放煙花，需要經費支援，你堂姐我這個貧困的大學生是有心無力了。既然不陪著去，就出點錢吧。」

景辰看也沒看她，直接從口袋裡掏出錢包遞過去。

見他這麼順從地配合，她回頭朝在門口探頭偷看的小堂弟揚揚下巴，露出個得意揚揚的笑來。

小堂弟咧著一口小黑牙，朝她比了個勝利的手勢。

景鈺本著賊不走空的想法，想著自己這麼辛苦也應該拿點回報，就再買點零食晚上追劇的時候吃好了。不知道現金夠不夠，不夠的話，那還要刷他的卡，密碼她還不知道。

邊想邊打開錢包查看，卻被錢包裡的一張照片吸引了注意力。

這照片好像在哪裡見到過，拍照的地點是他們那所高中，不過最關鍵的部分——照片上主角的臉被景辰的一張證件照擋住了。

這麼故弄玄虛，景鈺覺得不太對勁，立刻猜到這照片裡的人應該就是他惦記了很多年的女孩。

於是她也不客氣了，伸手就要把景辰的證件照扒開。景辰也意識到了，直接丟開手上的書，從椅子上彈了起來，去搶景鈺手裡的錢包。

然而，一切都來不及了。

景鈺眼疾手快，躲開了景辰伸過來的手，得意揚揚地抽出那張照片，還示威似的在他面前抖了抖，然而當她看清照片上的人時，臉上的笑容倏地僵住了。

她有點懷疑自己剛才的猜測，這張照片上的人真的是他暗戀多年的姑娘嗎？

房間裡靜默了半晌，景鈺問：「你怎麼會有涵歌的照片？」

景辰沒有回答她，但她很快想到了這張照片的來歷，不就是同學錄裡不見的那張嗎？這照片被牢牢黏在同學錄的內頁，而同學錄又放在一個封閉的整理箱裡，不小心掉到箱外這種事是絕對不會發生的，那麼就只有一種可能——有人專門把它拿了出來。

所以……景鈺不可置信地抬頭看著景辰：「是我想的那樣嗎？」

多年的祕密被戳破，景辰反而不慌了，他重新坐回沙發上，又恢復了那副淡漠的神情：「有什麼問題嗎？」

景鈺簡直要被這個消息炸傻了：「什麼時候開始的？我是在做夢嗎？」

景辰完全沒理會她的大驚小怪，依舊低著頭翻書。

景鈺也不指望他坦白什麼。她仔細想了一下，依稀記得高一時第一次得知自己的學霸堂弟也會像個正常人一樣暗戀女孩子，當時做的第一件事就是替他到處宣揚，結果被她媽當著全家人的面臭罵了一頓，那時候全家人好像在給太爺爺、太奶奶掃墓，也就是清明節的時候。

那麼他開始喜歡葉涵歌至少是從她們高一下半學期開始，當然可能更早。

那年景辰高三，他們的交集少得可憐，仔細回憶當初，他和葉涵歌說話的次數一隻手都數得過來……

景鈺大膽猜測：「這就是傳說中的一見鍾情嗎？」

不出所料，景辰還是沒有回答她，但他微微泛紅的耳根已經給了她答案。

想不到從小被她視為天敵、尊稱一聲「小變態」的堂弟，竟然也有這麼像正常人的時候，也會對一個女孩子一見傾心，會因為心事被戳破而窘迫尷尬！而他默默暗戀了多年的女孩不是別人，正是自己的閨密！

有一種揚眉吐氣的感覺是怎麼回事？

「你藏得可真夠深的啊！」景鈺感慨，「難怪我們出去唱歌那次涵歌不見了，你比我還急呢！還藉著腳受傷的機會讓蔣遠輝幫你提了一個多月的水，哈哈哈哈哈，我差點就以為你們有什麼不可言說的感情，原來是伺機打擊情敵啊，哈哈哈哈……絕了！真的沒看出來，你有夠小心眼的啊！」

景辰的臉色已經很不好看了，礙於小堂弟還在，他也不好發作，只是頗為不屑地說了句：「不知道妳在說什麼。」

「還裝？我要笑死了，哈哈哈……哦，對了，涵歌總說起你的動態，可我這裡顯示你從來沒發過動態，以你親愛的堂姐聰明的頭腦猜測，你那些報備行蹤的發文其實只對涵歌一人顯示吧？夠悶騷的啊！」

看看景鈺近乎癲狂的笑臉，再看看小堂弟那八卦興致很濃的小腦袋，景辰能做的只有低著頭。

景鈺尤不解氣：「哎喲，差點忘了你送給人家的『合作公司的紀念品』，我當初就覺得那項鍊看起來不像便宜貨，偏偏包裝那麼寒酸，為了讓她收下你的聖誕禮物，可真是煞費苦心啊！」

景辰已經不知道該用什麼樣的詞來形容自己此刻的心情了，他姐這德行他早就想到了，不然也不會瞞這麼久。

他生無可戀地抬起頭：「妳不是要去超市嗎？還去不去？」

小堂弟被他提醒了，在門口叫了聲：「大姐姐。」

景鈺揮手趕人：「你先下去玩，讓你姐我再開心一會兒！」

小堂弟終於意識到大姐姐此時的精神狀態好像有點不對勁，他看了看景鈺，又看了看坐在沙發上一臉無奈的景辰，小聲問景辰：「大姐姐怎麼了？」

景辰幽幽嘆了口氣，反問堂弟：「小人得志這話是什麼意思知道嗎？」

小堂弟茫然地搖了搖頭。

景辰朝景鈺揚了揚下巴：「就是你大姐姐這樣。」

要是在平時，景鈺聽到這話早就翻臉了，但誰叫她今天心情好，看他時也不再只是白眼招呼，目光中除了得意，還有一抹讓人看了就很不舒服的……憐憫。

「繼續啊！」景鈺端著手肘睥睨著他，還真把小人得志的嘴臉演繹得十分生動，「你現在有多倡狂，回頭求我的時候就會有多後悔！」

景辰已經澈底無語了：「我們到底是誰在倡狂？」

景鈺又是一陣「哈哈哈哈哈」。

景辰只好拿出耳機帶上，丟下一句：「妳笑吧，不過別指望我求妳。」

景鈺笑了兩聲，見被嘲笑的人完全不為所動，興致本來就大大打了個折扣，回頭再看小堂弟，看她的眼神和看鄰居王阿姨家的傻兒子如出一轍，頓時覺得有點悻悻然。

她轉身打發小堂弟：「我有很重要的事情要跟你二哥哥說，不許偷聽，如果被我發現，甩炮就不用買了。」

小堂弟一聽這話，也顧不上八卦了，一溜煙就消失在了樓梯轉角處。

關上房門，景鈺湊到沙發邊坐下：「我確實對撮合人這種事沒什麼興趣，但誰叫你是我的親堂弟呢，還苦戀人家這麼多年。結果人家根本沒考慮過你，說出去我都替你感到害臊。」

景辰被觸動了心事，微微抬起眼看她：「妳怎麼知道她對我一點意思都沒有？」

「也是奇怪了，你們在這方面還真像！她跟你的情況差不多，暗戀某人多年，別說結果了，一點進展都沒有，對方可能也不知道。」

景辰聞言又垂下眼，這事他知道，而且那人很可能就是蔣遠輝。

「其實我一開始還猜她暗戀那人會不會是你，畢竟時間對得上，但後來就知道肯定不是你了。她也挺慘的，喜歡的人一直喜歡別人，後來好像還和別人在一起了，不過沒多久吧，前段時間聽說又分手了。」

景辰微微皺眉：「蔣遠輝不是一直單身嗎？」

景鈺不明所以：「誰說是蔣遠輝了？」

景辰想了一下，沒再說話。如果不是蔣遠輝，那會是誰？可他分明覺得她對蔣遠輝挺不尋常的，兩人平時走那麼近，難道只是普通朋友？

姐弟倆凝眉苦思了片刻，也沒想出個所以然。

後來還是景鈺先開口：「不管那人是誰了，反正他和涵歌還沒有在一起，只要涵歌還是單身，你就還有機會，但再這麼拖下去可就不一定了。男人嘛，你也懂的，這頭剛結束一段感情，轉過頭馬上就閒不住了，搞不好涵歌就會成為他的下一個目標。」

景辰嫌惡地瞥了他姐一眼：「妳說的只是某些男人。」

景鈺哈哈大笑：「我差點忘了，你可是能為了她放棄史丹佛的男人！」

是啊，對他來說在哪讀書都差不多，但餘生和誰在一起，這可差太多了。

景鈺用肩膀撞了撞他，他很嫌棄地朝旁邊躲了躲。

景鈺假裝看不懂他的肢體語言，又挪近了一點說：「話說回來，你追女孩子的方式真的行不通。」

景辰聞言皺了皺眉，對景鈺的話明顯不太認同。

景鈺呵呵一笑說：「你不認同也沒辦法，結果說明一切，這都多少年了，她除了知道你是我堂弟，是現在帶她做專案的學長，還知道你是誰？哦，對了，後者還是你放棄史丹佛才換來的。你說你失不失敗？」

在景辰迄今為止的短暫人生裡，除了感情這一樁，他還真的沒和「失敗」這詞有過什麼關聯。

此時聽堂姐這麼說，他也不由得沮喪。

難得見他這樣，倒是讓景鈺也難得說了兩句好話：「不過用不著氣餒，這也不是什麼難事，比申請史丹佛容易多了。何況……」

說到這，她煞有其事地上下打量了一下景辰：「老天爺對你也不薄啊，給了你這麼一副多少人夢寐以求的好皮囊！結果竟然情路坎坷成這樣，真是怪不了別人了。」

景辰不以為然：「膚淺。」

景鈺撇嘴：「回頭我就讓你見識見識，怎麼用膚淺的手段俘獲涵歌的芳心！欸，你不是挺招女孩子喜歡嗎？她們喜歡你什麼，你就展示給涵歌什麼唄！」

從國中開始，景辰便不斷收到各種各樣的情書，國中時年紀小還不懂事，完全不懂那些女孩子寫信跟他說這麼多無關緊要的事情是為了什麼，而且當時他還沒意識到自己這位堂姐的可怕，沒心沒肺地拿給她看。誰知道那些信隔天就跑到家裡的長輩手上了，家裡人倒是沒責怪他什麼，只是幾個嬸嬸不懷好意的笑容令他記憶猶新。那時候才知道，什麼叫作「遇人不淑」，這人就是他姐景鈺。後來遇到此類情況，自然是吃一塹長一智，不可能跟他姐分享了。但上了高中以後，他住在她家，到了她的主場，想從他那翻出點什麼也沒有難度，所以不時也得受制於他姐。她最愛說的就是：「你要幫我做某某某事，否則你和某某某早戀的事情，叔叔、嬸嬸或許會不小心知道！」

天知道那個和他早戀的某某某他根本不認識，莫名其妙收到的那些表白卡片或者情書，要不是怕有一張署名可能是葉涵歌，他拆都不會拆一下。

景辰不耐煩：「我哪知道她們喜歡我什麼？」

景鈺嘿嘿一笑：「你不知道，我知道啊！」

根據以往的經驗，景辰明知後面可能沒什麼好話，但事情涉及他和葉涵歌的未來，哪怕前面是圈套，他也必須自己往裡鑽。

「想說就說，不想說就算了。」他難得地有點不自在。

景鈺等的就是這句話，擺出一副傳道授業解惑的模樣：「現在的女生用你的話來說可能都挺膚淺，就是喜歡好看的。當然隨著女生們的品位越來越刁鑽，這顏值高的內涵也越來越豐富。臉長得好看是最基本的，你還行。」

景辰差點笑了：「謝謝妳喔。」

景鈺大方地擺擺手：「我這人很客觀的，不用謝。不過除了臉，身材也很重要。女生們還會看喉結性感不性感、鎖骨美不美，以及有沒有八塊腹肌，沒有的話六塊也勉強，最好還有人魚線，當然了，腿也要修長筆直……」

景辰聽得目瞪口呆，本來以為景鈺在開玩笑，卻發現她一點玩笑的意思都沒有。

說完了腿，景鈺頓了頓，突然拍了下腦門：「差點忘了，還有一點——屁股要翹。欸，對了，你的身材怎麼樣啊？平時穿得這麼多，堂姐我都沒看過……」

說著就要上來扯景辰的領口，還好景辰眼疾手快地把那隻魔爪擋開了。

「妳有病吧？」

面對堂弟的質疑，景鈺也不生氣：「不給我看就算了，隔著衣服也能看個大概。」

景鈺再度打量他，品頭論足道：「喉結、鎖骨什麼的勉強可以吧，腹肌和人魚線有沒有不知道，但腿是夠長了……」

她話說一半突然停了一下，景辰還沒回過神來，就感覺到屁股被人捏了一把。他立刻從沙發上彈了起來，回頭怒瞪某個罪魁禍首，景鈺已經笑躺在了沙發上。

這一天受的屈辱簡直比過去十年都多，忍無可忍罵了句：「神經病。」

景鈺也不是第一次被罵了，完全不在乎，笑夠了之後還很敬業地把最後一點點評完：「看起來挺翹，手感也不錯。」

景辰深呼吸，勸自己冷靜，然後大步流星地走出房間。再多待一秒鐘，他真怕自己會做出什麼無可挽回的大動作來。

葉涵歌和爸媽在過年前就到了三亞市，一直到開學前，所以沒再回南城，而是直接回了金寧。

景鈺難得從開學時就忙碌了起來，綜合實驗課要補考，除了補考理論，實驗儀器操作也要補考。王老師為補考的學生專門開放了幾個課時讓大家去動手實踐，僧多粥少，景鈺連示波器都沒摸到過。

很明顯，景鈺送給曹文博的生日禮物大大拉近了兩人的關係，同時因為禮物太貴重，讓曹文博有點誠惶誠恐，再加上景鈺被當了這門課，曹文博一直覺得自己也有責任，雖然要他說，他也說不清楚自己有什麼責任。最重要的是，考試時會考到的那些儀器實驗室裡多的是，她完全不用像其他同學那樣去搶實驗教室裡的那幾台。

鑑於以上種種，於是他主動向景鈺提出可以提供一對一輔導的服務。

景鈺當然樂得走這個後門，而且考慮到葉涵歌和景辰都在實驗室，她還可以近距離圍觀八卦，所以曹文博一提議，便欣然同意了。

經過半個月的努力，景鈺的補考分數雖然不高，但好歹通是過了，而且隨之而來的還有一個好消息——大三下學期的期中考試取消了。這樣一來，頓時覺得輕鬆了不少，一下子沒了壓力，就想做點別的事情。

看大一、大二的學弟學妹們都去春遊了，她還挺羨慕的。

有一次和實驗室幾人在一起吃飯時，景鈺隨口感慨了一下想去春遊，沒想到他們當中有一位前任學生會會長，第二天就把事情安排起來。

這位前學生會會長曹文博在策劃活動時也有私心，直接跳過了一些玩起來不累、景色又好的地方，也不管什麼「煙花三月下揚州」的說法，選了爬黃山。

他們宿舍裡的四人中有女朋友的那位立刻打了退堂鼓，主要是他的女朋友不願意參加。女孩子還挺不解的：「為什麼偏偏選黃山啊？玩兩天回來多累啊，都沒心思上課了。」

曹文博感嘆：「無限風光在險峰啊！」

女孩子的男朋友露出個深藏功與名的笑容，等女朋友走了才笑問曹文博：「說吧，你這小子想帶哪個姑娘去爬黃山？」

曹文博當然不承認，但老實人不擅長撒謊，結結巴巴的回答和紅到耳根的臉色都出賣了他的心思。

到了這一刻，宿舍裡另外兩人也不會不明白曹文博的用意了。

老白豎起大拇指：「高招啊，老曹！爬黃山累啊，女孩子體力不好，肯定需要照顧！遇到看起來危險的地方，女生害怕，就能趁機說『別怕，拉著我的手』，等經歷了各種艱難險阻爬到頂峰一覽眾山小時，心情激蕩的時候一回頭，看到你正望著她淡淡微笑。從此之後，就是一起同甘苦共患難的人了！」

曹文博更尷尬了，不過老白說的跟他設想的八九不離十。他不擅長使什麼小心機，這算是平生第一次了。

老白喊道：「我要報名！我要報名！兩人！我這就去約湘湘！」

劉湘是平安夜來他們宿舍的女生之一，老白暗戀人家好幾年，差不多已經是人盡皆知了，劉湘應該也知道，不過那層窗戶紙一直沒捅破。

老白走後，曹文博尷尬地看著景辰，撓了撓頭想解釋一下，畢竟他們剛才的談話涉及景辰的親戚。

沒想到還沒等他開口，景辰就說：「我也報名。」

按照曹文博的預想，去的人數一定要是偶數，且男生、女生各半，其中一兩對情侶，或者像老白這種目標明確的，在曖昧的氣氛下，也方便其他人培養感情。

景鈺要參加的話肯定會帶上葉涵歌，那他這邊就要再拉一個男生，最合適的人選莫過於景辰，但以曹文博對景辰的瞭解，他應該不太願意參加這種活動，上次平安夜活動可能只是他從國外回來的習慣延續，且當時除了提過一次建議，後面再也沒管過。所以曹文博本以為這次要說服他一起去有點困難，沒想到他竟然破天荒地主動報名！

想了一下，曹文博就想清楚了，景辰大概是在表態支持他吧！

不愧是他的好兄弟！

曹文博頓時覺得眼眶一熱，兩行老淚差點奪眶而出。

景辰卻在回房之前又看了他一眼，然後丟下一聲意味深長的嘆息。

這一嘆是什麼意思？曹文博想了半天想不明白，但想到很快能和景鈺一起去爬山了，又高興起來，回到房間開始查詢天氣和租車的事情。

景鈺一聽到要去爬山，腿就軟了，本來想拒絕參加的，但是又想到這或許是個讓景辰和葉涵歌增進感情的好機會，否則景辰那種人也不會願意參加。如果她不去，葉涵歌肯定也會打退堂鼓。

內心掙扎了幾分鐘，她還是幫自己和葉涵歌都報了名。

沒辦法，誰讓她和景辰是姐弟呢？別看他們姐弟平時互看不順眼，遇到現在這種情況，弟弟多年所求無果，到頭來還不是只能指望她這個姐姐？

景鈺一邊自我感動著，一邊拉開櫃門思考著登山要穿什麼衣服。

就在這時，她的手機響了，來電人是蔣遠輝。過完年後，他們除了上課偶爾會遇上，私底下還沒怎麼聯繫過，他這時候突然打電話來，讓她有點意外。

電話接通後兩人先閒聊了一下，幾句過後，毫無意外地，話題又落到了葉涵歌身上。

『涵歌在不在？』蔣遠輝問。

景鈺也不跟他客氣：「我就知道你能想起我一定是為了涵歌的事。」

蔣遠輝打著哈哈：『妳這樣說，我太傷心了，妳的生日我是不是記得？我們是同鄉又是同學，這關係沒有涵歌這一層也是沒得說的啊！』

蔣遠輝的確記住了她的生日，還在生日當天訂了禮物送到她家，裡面當然有作為朋友的心意，但目的明顯不怎麼單純，不然就不會問她為什麼葉涵歌沒幫她過生日之類的話了。不過景鈺沒有揭穿他。做了三年的同學，蔣遠輝為人開朗仗義，也沒什麼壞心眼，他剛才說的那句話她是信的，沒有葉涵歌，他們應該也會是朋友。

「行行行，沒得說。」景鈺說，「不過葉涵歌不在啊。」

蔣遠輝明顯有點失望，但還是說：『我家裡的人寄了點老家特產，挺多的，我一個人也吃不了，要不要送過去給妳們？』

蔣遠輝的老家也是景鈺和葉涵歌的老家，從小吃慣了的東西她們也愛吃，而且特產這東西不貴重，正要答應下來，突然想起上次楊梅事件後葉涵歌對她的囑咐——不能再代替葉涵歌收蔣遠輝的任何東西，哪怕不是什麼值錢的東西，更何況她現在的立場也變了，不說完全站在景辰這頭吧，至少要站在葉涵歌這一頭了。

景鈺說：「那些東西都不耐放，我們整個週末都不在，根本吃不了，你們宿舍那麼多人，自己留著吃吧。」

蔣遠輝也沒堅持，不過他很快抓到了一個重點：『妳們週末要去哪？』

景鈺這才意識到自己說漏了嘴，要是蔣遠輝也跟著一起去，那可就熱鬧了。

但是話已出口，故意瞞著不說或者騙人都太傷感情了，所以景鈺就把和曹文博他們一起去黃山的計畫簡單說了一下，不過偷偷把安排活動的人換成了景辰，而非曹文博。回頭蔣遠輝要是在景辰那碰釘子，可就跟她無關囉。

從金寧開車去黃山，要四、五個小時。

曹文博安排的車，天還沒亮就停在了學校南門附近。葉涵歌和景鈺打著哈欠趕到時，才發現原先說好的六人團隊人數有變。

兩人拉開車門，就看到門口座位上並排坐著的兩位師姐——多了一位師姐出來，那麼此次一起出遊的人至少變成了七個。不過多出來的師姐是上次一起在景辰宿舍過平安夜的那個，大家都是熟人。

葉涵歌她們熱情地跟兩位師姐打了個招呼才上車。

曹文博租的是輛十一人座的商用車，靠裡側是兩排座位，靠門一側是單排座位，兩位師姐坐在司機後面的位子上，見兩人上來就招呼兩人坐她們後面。葉涵歌正要往座位裡面走，卻被景鈺拉住。

「我等一下想睡覺，我坐裡面吧。」景鈺笑嘻嘻地說。

葉涵歌不疑有他，直到坐下後才後知後覺地意識到，她剛才上車時沒往別處看，原來和她們的座位隔著一條走道的位子上坐著的就是景辰。

葉涵歌抬頭看到他時，他正戴著耳機安靜地低著頭看著手上的電子書。不知道是太專注了還是什麼原因，她和景鈺的出現沒有影響他一分一毫。

她有點失望，拿出耳機戴上。

這時候景鈺催促坐在她們身後的曹文博：「人是不是都來齊了？可以走了嗎？」

葉涵歌聞言也跟著朝後排掃了一眼，四個座位，曹文博和老白各占一個位子，該來的應該都來了。

卻聽曹文博說：「再等等，還有人沒來。」

他邊說邊往窗外張望，正好一道黑色的身影從車窗邊快速掠過。

葉涵歌也看到了，心裡有不太好的預感，總覺得那身影有點眼熟。

很快，蔣遠輝氣喘吁吁地爬上了車：「不好意思，我來晚了！」

沒人說他也會來啊！

原本還在打瞌睡的景鈺，聽到這聲招呼也立刻坐直了身子。

蔣遠輝渾然未覺自己的出現有什麼不對，熱情地跟車上的眾人打著招呼，最後看了看車上的空位，笑嘻嘻地坐到了葉涵歌身後。

景鈺很快想明白是怎麼一回事。雖然她放了假消息給蔣遠輝，說活動是景辰安排的，蔣遠輝當然不可能去找景辰，但他這人一向人緣好，除了景辰，和車上其他人的關係都不錯，一定是找了曹文博，結果曹文博這個傻子就這麼輕鬆地答應了。

景鈺不由得有點同情起自己的堂弟來。

曹文博不知道是怎麼回事，剛才還好好的，現在景鈺看他的眼神卻完全變了。

他為了促成這次出遊下了多大功夫啊，租車、訂酒店這些就不用說了，最難的還是確定人員這件事。原本訂好了六個人，但後來蔣遠輝突然找到他說要加入，大家都是熟人，不好拒絕，但這下多出來一個男生，大大破壞了他的計畫，只好再臨時找個女生湊數。

週末大家都有自己的事，臨時找人，還要和大家都熟悉，哪那麼容易找到合適的人？後來他三催四請，還屈辱地答應了幫那女同學測天線、焊電路板，總算說動了女同學推掉了和朋友的約會，跟他們出來。

他做了這麼多是為了誰呢？景鈺怎麼就看不到他的好呢？

自從蔣遠輝出現後，葉涵歌就忍不住偷偷觀察景辰的臉色，只見景辰表情不變，舉止從容，她鬆了口氣。

車子一路搖搖晃晃駛出金寧市，快到中午時總算進了黃山市，起初車上的人還會聊聊天，到了後來大家都累了，不是睡覺，就是安靜做自己的事情。

在黃山市裡又開了一陣子，才到了曹文博提前訂好的一處民宿。民宿就在黃山腳下，看起來設施簡陋，不過房間還算乾淨。房間都是雙人房，曹文博直接幫大家分好了房間。

景鈺和葉涵歌一間，曹文博和景辰一間，但兩間房就在隔壁。

計畫是明天一早上山，所以今天只是在附近自由活動。眾人入住後休息了一段時間，直到晚飯後才又三三兩兩地結伴出去逛。

葉涵歌本來以為這時候該有機會和景辰說說話的，他也的確出現了，還是跟來時在車上的情形一樣，整個人散發著一種生人勿近的氣息，連曹文博跟他相處時都不如往常自在。

所幸團隊裡的老白和蔣遠輝都是活躍氣氛的高手，把兩個師姐甚至是景鈺都逗得很開心，直接忽略了景辰的格格不入。

大家趕了一天的路都累了，在附近沒逛多久便各自回房間休息，為第二天爬黃山的活動養精蓄銳。

作為親堂姐，景鈺早就看出景辰今天的心情不太好，至於為什麼不太好，用腳後跟都能想出來，還不是因為本來策劃好的完美旅行計畫被情敵的突然出現打亂了嗎？但他也不能對所有人都這樣無差別地冷著臉啊，更何況，再這麼下去，她有理由懷疑自己來爬黃山這麼巨大的犧牲要白費了。

晚上趁著葉涵歌洗澡的時候，景鈺偷偷傳訊息給景辰：『友情提醒，現在已經不流行狂拽酷霸的設定了，臭著一張臉是要給誰看？』

訊息傳出去後半晌無人回應，景鈺又傳了一則過去：『你親愛的堂姐我知道你為什麼不痛快，但先聲明啊，你那情敵絕對不是我叫來的！』

她最多就是提供了一點情報給蔣遠輝，還是帶有迷惑性的。

景辰看了一眼手機螢幕，依舊沒有回覆，繼續低頭看他帶來的書。

此時曹文博從浴室裡探頭出來抱怨說：「這地方提供的洗髮精用起來連個泡沫都沒有，對了，你從宿舍帶了吧？借我用下。」

景辰頭也不抬，片刻後將手裡的書翻過一頁才回說：「沒帶。」

曹文博瞥了眼景辰敞開的書包，還能看到洗漱用具的一角：「不對吧，你不是帶了嗎？」

景辰瞥了眼自己的書包，慢條斯理地說：「我是帶了，不過那是給人用的。」

雖然不知道眼前這位為什麼生氣，但多年的同窗經驗告訴曹文博，這位生氣的時候還是少惹為妙。曹文博只能把委屈往肚裡咽，頂著滿頭不起泡沫的洗髮精重新回了浴室。

第二天，眾人吃過早飯早早來到了山腳下。

考慮到山上常會下雨，曹文博非常貼心地準備了一次性雨衣，上山前分發給大家。

有人問曹文博：「我們是全程爬上去，還是坐一段纜車？」

在曹文博看來，坐纜車不累也不險，怎麼能有機會體現他的重要性？而且大家都湊在一起，他也沒機會和景鈺單獨相處培養感情啊！

於是他說：「坐纜車有什麼意思？爬山的樂趣都沒了！你們看看那些去坐纜車的，全都是些老弱婦孺！走走走，我們爬上去！」

其他幾人表示怎麼樣都可以，跟隨大家的決定。

景鈺看著那沒有盡頭的臺階已經開始腿軟了，回頭對曹文博說：「那你們爬上去吧，我去坐纜車，我們上面見。」

曹文博沒想到第一個拆他臺的竟然是景鈺，也忘了自己剛才說了什麼，連忙關切地問：「妳自己一個人不安全吧？萬一上面訊號不好，聯絡不到大家怎麼辦？要不然我陪妳坐纜車吧？」

景鈺也不想一個人去坐纜車，但她要把葉涵歌留給她弟，所以曹文博這麼提議時，原本正想答應，回頭掃到湊在葉涵歌身邊說話的蔣遠輝時，突然又有了別的打算。

從昨天開始，蔣遠輝就一直緊跟著葉涵歌，鞍前馬後，又是送水又是幫忙撐傘，把葉涵歌照顧得無微不至。

當著這麼多人的面，她看得出自家閨密其實挺不自在的，也拒絕了幾次，只是擋不住蔣遠輝這人臉皮厚豁得出去，現在他們的小團隊裡，已經沒有人不知道蔣遠輝在追葉涵歌了。雖然葉涵歌的態度還不明了，但懂事的人都有成人之美的心，也樂得幫兩人創造機會。再看一向清冷不愛說話的自家堂弟，就像是個被排除在外的異類一樣。雖然面上沒表露出什麼，可是憑他們二十年的交情，景鈺彷彿看到了自家堂弟在滴血的心。

景鈺有時會恨鐵不成鋼地想，讓你裝！平時裝高冷也就算了，這種時候還這樣，等葉涵歌成了別人女朋友的時候，看你還裝不裝得下去！

氣歸氣，畢竟他們過年期間剛剛達成了默契——也很有可能是她單方面的——不過既然決定了要幫堂弟追到葉涵歌，就沒有中途放棄的道理。

所以她對曹文博擺擺手說：「你不是不想坐纜車嗎？再說還有這麼多人等你招呼。」

這話惹來了不遠處老白的一聲沒憋住的笑。

曹文博真恨自己剛才多嘴，試想一下如果只有他和景鈺單獨去坐纜車，兩人共同站在高處一覽眾山小，感覺也不錯。

正想著怎麼把自己出爾反爾的話圓回去，就聽景鈺提高聲音喊了聲：「蔣遠輝。」

眾人都朝蔣遠輝看過去，被點到名的人也愣了愣，抬頭看到景鈺看著他，不確定地指了指自己：「叫我？」

景鈺笑著點點頭：「大家都不願意坐纜車，你陪我一起去坐好不好？」

蔣遠輝愁眉苦臉，想說大家都不想，他也不想啊。不過再看景鈺笑得頗有深意，他覺得不該就這麼直接拒絕。

他丟給葉涵歌一句「妳等我一下」，便跑向景鈺。

蔣遠輝一走，葉涵歌總算鬆了口氣。從昨天起，蔣遠輝就一直跟在她身邊噓寒問暖，不管她怎麼暗示自己不需要，對方都好像看不出來似的，完全沒把她的拒絕當一回事。

其實她倒是不討厭他——蔣遠輝這人沒什麼小心眼，平時大喇喇的，有時候還挺幽默的，要是普通朋友一起出來玩，她也願意跟這樣的人一起玩。可是今天和平時不同，今天在場的人還有景辰。雖然蔣遠輝追她追得很明顯了，可是要顧及他的面子，他既然沒有明著表白，她也沒機會正式拒絕。但就怕自己的態度讓景辰誤以為自己和蔣遠輝真有什麼，本來景辰對她的態度就挺模棱兩可的，再讓他認為自己的為人不夠磊落，故意吊著別人把人當備胎，那就糟了。

所以她也希望，景鈺真能把蔣遠輝帶去坐纜車。

她偷偷去看身後的景辰，他正望著山上，不知道在想些什麼。

蔣遠輝湊到景鈺面前，以為她要跟他說什麼，誰知景鈺只是說：「我不想一個人坐纜車，跟他們都不熟，只能拉著你了。」

「這樣啊……」蔣遠輝為難地撓撓頭，「可是涵歌……」

景鈺翻了個白眼：「不願意就算了，我就當沒交過你這麼重色輕友的朋友！」

「別別別……」蔣遠輝立刻賠笑，「我是那種人嗎？要不然我去勸勸涵歌跟我們一起？女孩子的體力肯定不行，爬上去後面就要沒力氣了，我護送妳們上去，當個護花使者。」

景鈺還真怕他去問，葉涵歌顧慮她這個閨密不好意思拒絕，於是連忙拉住他說：「別了，涵歌在，有些話不方便說。」

蔣遠輝愣了一下，片刻後了然地點頭，果然景鈺是有話要提點他。想到能從景鈺這裡對葉涵歌多瞭解一點，他有點高興。不過回頭再看葉涵歌，他還真的挺捨不得的，想到她總是那麼不遠不近客客氣氣的態度，又覺得很沮喪。

於是他爽快地說：「走吧，我去買票。」

景鈺看著蔣遠輝小跑著離開的背影內心一陣內疚，要不是知道自家堂弟也看上了葉涵歌，還愛得死去活來的，她真的覺得蔣遠輝就是最適合葉涵歌的那個人，這也是之前幫他的原因。不過現在她的立場變了，不但不能幫忙，還要拚命拆臺，免不了有點心虛。不過再一想，她之前沒少幫蔣遠輝往自家堂弟心上捅刀子，現在就當撥亂反正，誰也不欠吧。

景鈺和蔣遠輝離開後，曹文博之前的興致也沒了，垂頭喪氣地跟著眾人上山。老白早看出了他的心思，頗有深意地拍了拍他的肩膀，然後才加快腳步去追前面的女生。

曹文博和景辰稍稍落在隊伍後面。曹文博猶豫了一下，試探著問景辰：「你姐怎麼跟蔣遠輝關係那麼好？」

誰都看得出來蔣遠輝喜歡葉師妹，景鈺不會這樣了還對蔣遠輝有意思吧？這是他沒敢問出的話。

景辰卻只是淡淡地掃他一眼不說話。

曹文博看得出眼前這人好像還在生他的氣，可是他到現在都沒搞清楚自己哪裡得罪了這位室友，仔細想想，難道是打算追他姐沒向他報備，所以不高興了？

想到這裡，曹文博摸了摸鼻子說：「有個事我一直想和你說一下，但沒想好怎麼說，怕你不高興……就是我們堂姐……不是，是景鈺，也不知道從什麼時候開始，我總是想起她，看見她就覺得挺高興的，所以總想見她，這應該就是喜歡吧？」

「我為什麼會不高興？」景辰總算和他說話了。

曹文博長長呼出一口氣，傻笑了兩聲。想想也是，他們是兄弟嘛，能做兄弟說明景辰對他的人品是非常認可的，所以他喜歡上他堂姐，確實應該支持才對。

沒想到景辰接著說：「跟我沒關係。」

曹文博的一腔熱忱頓時被這話澆滅了，委屈地「喔」了一聲。

景辰又說：「你剛才問起蔣遠輝，是擔心我姐喜歡他？」

曹文博一聽這話，以為景辰還是關心他的，立刻點了點頭：「對啊，不過應該不會吧？」

景辰瞥他一眼，難得地露出個類似於笑的表情：「以前可能還不是，今天之後就說不準了，都是你幫他們創造的好機會。」

說完，景辰也不看曹文博的臉色，朝前走去。

曹文博怔在原地，琢磨著景辰這話的豐富內涵——難不成景鈺以前在家透露過什麼？

不會吧？不可能吧？要是真的是這樣，他要委屈死了，自己勞心勞力安排個活動，結果為別人作嫁衣了？

他家景鈺雖然偶爾潑辣不正經，但又漂亮又颯爽，瞭解多了就會喜歡。明眼人都看得出來蔣遠輝喜歡葉涵歌，但看葉師妹一直不冷不熱的態度，難免蔣遠輝踢鐵板踢累了，他家景鈺再一示好，蔣遠輝動搖了怎麼辦？

曹文博越想越焦心，加快腳步往上爬，恨不得立刻就到約好碰頭的地方等著。

纜車裡除了蔣遠輝和景鈺，還有其他幾個遊客。景鈺自從上了纜車，就一直看著窗外不說話，蔣遠輝有點著急：「妳要跟我說什麼？」

景鈺剛才在山下說有話要說純粹是為了穩住蔣遠輝，她哪有什麼話？所以一路假裝失憶。但蔣遠輝一而再再而三地追問，她也搪塞不過去了。

想了想，索性跟他聊點心裡話：「你真的那麼喜歡涵歌？」

眼見著蔣遠輝又要表態，她擺擺手說：「她心裡一直惦記著一個人，你知道吧？」

這事蔣遠輝之前聽景鈺含蓄地提起過，說葉涵歌確實暗戀過一個男生，但沒說「一直」，而且看樣子那人也不是他們圈子裡的，想必見個面都很難。這種虛無縹緲的暗戀根本不可能成功，所以他也沒當回事。

眼下聽景鈺突然這麼說，難道那人回應葉涵歌了？難怪葉涵歌對他越來越冷淡，這麼一想就說得通了！

「什麼意思？」蔣遠輝緊張地問，「他們有進展了？」

景鈺頓了頓，眨眨眼說：「我之前也是聽涵歌說的，那人好像失戀了吧，然後兩人就聯繫上了。最近我經常看到涵歌一個人抱著手機傻笑，有時候晚上還偷偷摸摸在被窩裡打電話，我看那樣子，兩人的關係應該是差不多確定了，只是還沒跟大家說而已。」

蔣遠輝頓時如遭雷劈，有種自家珍寶被賊偷了的感覺，而且這賊還是個天外來客，來得突然，一點準備都沒有，虧他還一直把景辰當成假想敵。

他望著窗外的山丘溝壑，莫名就湧上一股悲壯之感。

景鈺看著他的反應，不自覺地咽了口口水。剛才那話真真假假，而且也說了都是猜測，回頭就算被揭穿了，也不能說她故意騙人。可再看蔣遠輝這反應，她又有點害怕，不會想不開跳下山崖吧？

她不由得後悔起來，這種打擊人的話應該挑個合適的時機說的，萬一他等等想不開該怎麼辦？但誰能想到平時看上去大喇喇，什麼都不怎麼在意的人，面對失戀這件事會有這麼大的反應啊！

景鈺暗自打定主意，今天無論如何也要盯緊他，千萬不能給他機會做出什麼不可挽回的傻事！

葉涵歌的體力一向不怎麼樣，一開始還能勉強跟著大家，後來便越來越慢，爬幾步就必須休息一下。曹文博爬得飛快，剛出發，就躥到前面去了，現在早沒了蹤影。

老白照顧著兩位師姐也爬得不慢，這時都快看不見人了。漸漸地，就剩下景辰一人照顧她，也算是因禍得福了。

葉涵歌趁著喝水的時候偷偷看他，見他臉不紅，氣不喘，猜想以他的體力，至少不會比曹文博爬得慢，現在卻不得不跟著她磨洋工，多少會有點不好意思，怕他等自己等得不耐煩。她氣喘吁吁地說：「我沒事，休息一下再爬，景師兄你先走吧，應該還能趕上其他幾個師兄、師姐，我自己慢慢在後面爬。」

誰知景辰說：「我也爬不動。」

葉涵歌狐疑地打量他，景辰看她一眼，像是看穿了她的想法，解釋說：「不是體力不行，而是我之前腳受傷了，不適合做劇烈運動。」

腳受傷了還來爬山？

葉涵歌脫口而出：「什麼時候受傷的？」

景辰卻換了個話題：「要喝水嗎？」

葉涵歌搖搖頭，但還在想著景辰受傷的事情。開學一個多月了，這段時間她和景辰雖然沒有到天天見面，但也算是經常見，沒聽說他受傷的事情。過年回家也只有一個月，要是在這期間受傷了，那開學的時候也好不了。想來想去，只能是被她這醉漢連累的那次了。

葉涵歌頓時覺得愧疚無比：「那你好好休息，慢慢走。」

景辰點點頭：「妳也不用管我，要是能走得快，妳就先走。」

葉涵歌望了眼山上，有氣無力地嘆道：「以我的速度，今天能下山就不錯了。」

「安全第一，也不用追他們，回頭有什麼事可以電話聯絡。」

「嗯，能趕上最好，趕不上也不能讓大家一直等著。」

兩人休息片刻，就繼續往山上爬。

葉涵歌跟在景辰的身後，注意力不由得落在他的腳上。她知道「傷筋動骨一百天」的說法，但這都過去多久了，難道還沒好嗎？

一開始葉涵歌還試圖走得快點，想早點和其他人會合，後來她接到景鈺打來的電話，才知道景鈺現在和蔣遠輝還有曹文博在一起，老白和另外兩位師姐在一起，大家約好了四點在山腳下碰面。

葉涵歌突然意識到，接下來的這段旅程，就只有她和景辰兩個人了。

掛上電話，她小心翼翼地把景鈺的話大概轉述了一遍，生怕被看出自己的竊喜。

他點點頭，臉上沒什麼多餘的表情：「那就不著急了，慢慢走吧。」

葉涵歌鬆了口氣，回頭再看山上的風景，頓時覺得這山上的一石一松都無比寫意。

「要拍照嗎？」身後傳來景辰的聲音，「我幫妳。」

葉涵歌這才注意到，他們正站在半山腰的一處觀景臺上。比起之前走過的山路，這裡明顯空曠很多，也適合休息拍照。要是此時問她話的人是景鈺而非景辰，她早不客氣了，還要各種找角度擺姿勢，力求把自己拍得又瘦又美。然而，此時對面站著的是景辰，一想到要被他通過鏡頭仔細審視，她就覺得渾身不自在起來。

正想說不用了，景辰已經再度開口：「正好沒人，手機給我。」這時候再拒絕就太小家子氣了，葉涵歌索性把手機遞給他，大大方方地走到剛才有人拍照的地方，中規中矩地擺了個「V」的手勢。

她吸著肚子縮著下巴，屏氣凝神，總算等他拍完了，他卻沒有立刻把手機還給她，而是又看了看別處，繼續指揮著說：「這邊光線好，站到這邊來。」

葉涵歌只好依言站過去，剛才的姿勢不好接著用，那些網路上學來的姿勢拍出來效果自然不錯，但擺姿勢的過程特別尷尬，所以此時她的雙手都不知道該怎麼擺放了，當然臉上的笑容也自然不到哪裡去。

景辰對著手機螢幕看了一陣子，始終沒有按下拍攝鍵，末了抬起眼來看向她身側。葉涵歌以為是其他遊客入鏡了，所以一直在等，可側過頭去看，發現最近的遊客也離她挺遠的，正不明所以，回過頭卻見他已經拍完走向她。

「看看這樣可以嗎？」他把手機遞還給她。

她拿過來看了看，第一張雖然姿勢土氣了點，但還算可愛吧，第二張竟然就是趁著她側頭的一瞬間拍下來的。

她站在觀景臺的欄杆前，不知在看什麼，微微側著身，長髮在那一瞬間輕輕揚起，而她身後是滿山青翠。

她的心怦怦跳著：「很好看。」

海拔越高，上山的路越險，有一段路窄到只能一個人通過，腳邊就是萬丈懸崖。葉涵歌有點懼高，也顧不上什麼面子了，幾乎是貼著裡側山壁走的，根本不敢往下看。

景辰安靜地跟在她的身後，偶爾提醒幾句，讓她注意腳下或者小心頭頂上凸出來的山壁。

好不容易走過了路最窄的那一段，葉涵歌的腿總算不抖了。回過頭看景辰，他倒像是在校園裡散步似的，始終姿態從容，步履優雅。

後面的路好走了一些，至少路夠寬，兩人可以並排走，還不會擋到後面的人。

景辰問她：「妳們這學期開了幾門課？」

「六門課，不過學分不多，不到二十個。」

可能是考慮到有不少人會從大三下學期開始準備考研究所，學院裡安排在大三下學期的課業也不算重，重要的專業課程都安排在上學期了。如果她讀研究所時的方向是微波的話，那下學期的「單片機原理與應用」、「數字影像處理」這些課，對她來說就算不上專業課了，不一定要學得多深入，考試考得好就行。

景辰又問：「今年的保送規則妳看到了吧？」

上個星期教務處剛剛公布了這一次的保送規則，跟以往差不了太多，大學前三年的成績占九成，剩下一成是加分項目，代表學校參加比賽獲獎的可以加分，參加學院裡重點專案的可以加分，傑出學生幹部可以加分。

單從規則上看，滿足加分條件的人不少，但成績不錯有望保送，同時又能加分的人，其實並不多。今年的保送名額如果和往年差別不大的話，也是二十個左右，排名靠後的恐怕只能選擇外校的相關研究所了。

說起這個，葉涵歌的心情又沉重起來。她上學期的成績不錯，至少沒拖往年的後腿，不過全部的成績排名還沒出來，究竟排在什麼樣的位置，她的心裡也沒把握。

「看到了。」她說，「跟去年的差不多。對了，什麼樣的專案才算重點專案呢？」

「這要看案子的背景、難度，以及所需投入的經費。來黃山前我和林老師聊過了，我們那個課題算是重點專案，順利的話下個月就可以結案，不出意外的話，應該能在保送的時候幫到妳。」

葉涵歌有點不好意思。雖然她是從專案開題就開始參與的，但是她的底子太薄弱了，與其說是幫景辰打雜，不如說一直是景辰在教她東西，幫他做的其實就是建了幾個簡單的模型，這期間還總是出錯，需要景辰幫忙補救。

她不知道如果沒有景鈺這層關係，他是不是早就跟林老師說要她走人了。

但不管他究竟是出於什麼目的這麼照顧她，她還是發自內心地說：「謝謝你，景師兄。」

第六章　甜蜜曖昧

海拔越高，風景越好，葉涵歌一路走一路不忘拍照，有時趁著景辰不注意，還藉著拍風景的時候偷偷拍了幾張他的背影或者側臉。結果快到中午時，手機電量就告罄了。翻開書包找行動電源，找了半天沒找到，才想起被景鈺借走了。還有半天的路程，接下來該怎麼辦？

景辰從身後過來，問她：「怎麼了？」

「景師兄，你有行動電源嗎？」

「沒有，手機沒電了嗎？」

葉涵歌喪氣地「嗯」了一聲。

景辰說：「沒事，我的手機上午沒怎麼用，電量幾乎是滿的，下午妳跟緊我，我們別走散了。」囑咐完這些，他頓了頓又說，「妳想拍照的話就先用我的手機吧。」

也只能這樣了，還好這一上午都是他在幫她拍照，偶爾她幫他拍，她也不覺得彆扭了，但也不能像要求景鈺那樣要求他把自己拍得腿夠長，臉夠小，笑容夠可愛。

葉涵歌早上吃得不多，又爬了一上午的山，早就餓了。背包裡雖然帶了麵包和礦泉水，但四月的天氣本來就算不上暖和，此刻海拔不低，想到涼水和乾巴巴的麵包，也沒什麼食欲了，更何況一路走來也沒有個能休息吃東西的地方。

直到下午一點多，總算又到了一個觀景臺。這個觀景臺比前兩個大得多，老松樹下還有一間小木屋，木屋外掛著的小黑板上寫著泡麵、烤香腸、玉米等，屋裡屋外都有桌椅，有不少遊客正圍著桌子吃著東西。

葉涵歌看到小黑板上的那幾個字覺得更餓了。

還沒等她開口，景辰先說：「餓了嗎？坐下來休息一下，順便吃點東西吧。」

想必不止自己餓了，葉涵歌點點頭說：「外面有點冷，我們坐裡面吧。」

兩人選了一張面對窗外的桌子，景辰徵求她的意見：「吃泡麵吧，暖和一點。」

葉涵歌客氣地說：「我都可以。」

景辰說：「妳先坐一下。」然後走向了點餐窗口。

葉涵歌坐下來一邊擦桌子，一邊等著景辰回來，沒一會兒他就端著一碗熱騰騰的泡麵回來了。本來以為他還要去端第二碗，結果把麵遞給她後，他就坐了下來。

景辰說：「我不餓，等一下餓了再吃。」

葉涵歌傻眼了。如何優雅地吃泡麵，這絕對是門技術，更何況還是紅彤彤的一碗麵。

葉涵歌無語，這種小店舖賣得最多的口味難道不該是紅燒牛肉麵嗎？辛拉麵這個高級的東西是怎麼出現在這裡的？

景辰輕聲咳嗽了一聲說：「怎麼了？哦，只有兩種口味，紅燒牛肉和辣白菜，我記得妳好像是吃辣的，有問題嗎？」

葉涵歌訕笑著回答：「沒問題。」

她是典型的無辣不歡，但是當著男神的面呼嚕呼嚕吸麵條就太有問題了，更別說還可能要擦鼻子！

如果兩個人一起吃或許還好一點，這時只有她一個人吃，那尷尬程度至少翻倍。

「你真的不餓嗎？」她問他。

他看她一眼，搖搖頭。

「等一下不一定還有吃飯的地方，要不然你先吃點吧？」她提議。

「我背包裡還有吃的，餓了再說。」

葉涵歌沒辦法，只好速戰速決，小心地撩起頭髮，象徵性地小口吃了幾口，就推開碗，從包裡翻出紙巾：「吃飽了，我們走吧。」

她回頭看景辰，他卻沒有動，盯著她吃過的那碗麵：「不是餓了嗎？只吃這麼一點？」

葉涵歌訕笑著說：「也沒有很餓。」

「不好吃嗎？」他問她。

泡麵這種東西都是聞起來比吃起來香，儘管如此，她和景鈺也不時會突發奇想，買兩碗回來當宵夜，而這個口味就是她最喜歡的。

「不是，還可以。」她平心而論。

「那我嚐嚐。」

還沒等她反應過來，他就探過頭來，用她用過的筷子夾了一口她吃過的泡麵送進口中。

葉涵歌整個人都傻了，擦嘴擦到一半忘了接下來該做什麼，怔怔地睜大眼看著他吃完麵抬起頭，朝她中肯地點點頭說：「確實還可以，難怪景鈺總買這些東西放家裡。」

他像沒事一樣起身，走出門，拿著手機對著附近的風景拍了張照片，然後自顧自地低頭研究起來。

他這一連串反應太過自然淡定，倒是讓葉涵歌開始懷疑，難道是她少見多怪了？他吃她吃過的麵，用她用過的筷子，其實都很正常？也或許是他神經太大條，根本沒意識到有什麼不對？還是，他其實是故意的？

不知道為什麼，葉涵歌想起了劉軍在創新基地開講座那次，回來的路上她餵景辰吃巧克力，結果他不小心吮到她的指尖，他當時的反應是不是也太淡定了？

接下來好長一段時間，葉涵歌都有點心不在焉，偷偷觀察著景辰的神情動作，患得患失地猜測著他對她是不是有點不同尋常的想法。結果腳下沒留意踩到一個不平整的石塊，整個人頓時失去了平衡，還好景辰眼疾手快地扶住她，不至於讓她摔倒。但腳踝處的痛感卻沒有隨著時間的推移而消失，只要腳踝處稍稍受力，就異常疼痛。

「先坐下來休息一下，看看有沒有傷到骨頭。」

景辰把她扶到旁邊的石頭上坐下，輕輕握著她的右腳動了動，還是疼，但能動。

「是不是骨折了？」葉涵歌不確定地問。

景辰打量了一眼她的神情，說：「看起來不像，應該沒傷到骨頭，等一下下了山先去醫院看一看。」

葉涵歌先是鬆了口氣，然後又問：「是不是就像你上次一樣？」

他不明所以：「我哪樣？」

葉涵歌有點尷尬，畢竟他上次受傷是因為她：「上學期的時候你的腳不是也受傷了嗎？」

「哦。」景辰若有所思地頓了頓，「可能是……需要我幫妳裝水嗎？」

葉涵歌沒想到他思考這麼跳躍，連忙擺手說：「我不是這個意思。」

「是也沒關係。」

葉涵歌頓時啞口無言，摸不清他的真實想法，也不知道該怎麼接話。

不過比起回學校後怎麼裝水更棘手的是，他們現在還處在半山腰，她的腳一時間也不方便活動，接下來該怎麼辦呢？

景辰顯然也在思考這個問題，他望著山上，似乎在權衡著什麼。

葉涵歌想了一下，下定決心說：「景師兄，要不然你先把我送回剛才的那個觀景臺，反正下山也要經過那裡，我們先聯絡一下其他人，看誰最先下來，我就跟著誰下山，你繼續上山就行。」

誰知景辰說：「我看上面和這裡的風景都差不多，我也不上去了。」

「千萬不要這樣！」葉涵歌連忙說。

她最怕給別人添麻煩，出來一趟不容易，不用想也知道最負盛名的景色肯定要登頂才能看到，他們都已經走到這裡了，半途而廢太可惜了。如果是因為她，景辰沒有玩盡興，那太有負罪感了。

「都到這裡了，距離登頂也沒有多遠了，我要不是腳受傷了也想自己爬上去看看，但現在只能靠你了，景師兄，你一定要幫我多拍幾張照片，我就當自己上去過了。」

景辰沒再說什麼，所幸他們從觀景臺出來沒走多遠，他扶著她往回走了一刻鐘就到了。

此時葉涵歌的腳踝已經腫了起來，這個時間很少有人喝冰鎮飲料，最後他從老闆那裡買了幾根還沒解凍的香腸。

葉涵歌正揣測著他買香腸的意圖，他已經坐到了她面前，抬起她受傷的那隻腳，讓她的腳搭在自己的腿上。然後，她看到景辰把套了塑膠袋的香腸貼在腳踝腫起的地方。

整個人不由自主地微微顫慄了一瞬，卻不是因為貼上來的冰凍香腸，而是因為他做動作時無意間擦過腳踝處皮膚的手指。

可能是因為剛剛觸摸過被凍得硬邦邦的香腸，他的指尖冰冰涼涼的，觸碰到她時，她覺得有點癢，但也一反常態地讓人眷戀。

偷偷抬頭看向景辰，此時他正低垂著眉眼，俊朗的五官在光影交錯間更顯得立體深邃，還有過於白的皮膚，讓他整個人有種陰鬱的氣質，但結合過於漂亮也足夠硬朗的五官，就是一張能夠傾倒眾生的臉。

而就在這時，那雙低垂的眼眸毫無預兆地朝她看來。葉涵歌原本還沉浸在某人的美色中不可自拔，突然被對方這麼一看，頓時像做了壞事被抓包一樣，心虛地低下頭。

「那個……我自己來就好。」

「別動。」他不容置喙，立刻按住她剛要縮回的腿。

她只好安靜地坐著，不敢再偷窺，結果一抬頭竟然對上小店老闆娘曖昧的眼神。

葉涵歌朝對方尷尬地笑笑，轉頭看向窗外，但所有的注意力仍然停留在兩人有接觸的腳踝上。

等了好半天，冷敷結束，他細心地幫她拉下褲管，說了句「等我一下」，又起身走向老闆娘，再回來的時候，手上多了杯熱豆漿。

「那妳在這等我一下，我很快回來。」他說。

葉涵歌猶猶豫豫地說：「真的，你不用為了我趕時間，要不然……還是問問其他人在哪吧，說不定景鈺他們已經下來了，正要從這裡經過，這樣我可以和他們一起走。」

景辰看她一眼，又微微皺眉看向窗外：「這地方應該不是下山的必經之路，大家很有可能選擇其他路下山。」

葉涵歌總覺得，他剛才看她的那一眼好像不太高興，但她也是一片好心，怕自己成了他的負擔。

她想了一下說：「要不然就只問問景鈺？知道我在這裡等她，她肯定會從這裡下山的。他們人多，有蔣遠輝和曹師兄，帶著我這個傷患更省力氣。」

她自覺這話說得沒什麼問題，而且自己也的確是怕給他添太多麻煩。誰知道景辰完全沒領會到她的善解人意，而是問她：「妳不想在這裡等我，是嫌無聊嗎？」

天地良心啊！她等他多少年了，他都沒有回頭看她一眼，自己尚且沒覺得無聊過，此時就等這麼一會兒，又怎麼會不願意？更何況這片刻的等待還能換來兩人接下來繼續單獨相處的機會，求之不得！

但不能讓他看出來。

「當然不是。」她解釋說，「我是怕你還想著回來接我，玩不盡興。」

景辰的臉色好了不少。

「不會，我本來也不喜歡爬山。不過妳說得也是，妳的手機沒電了，一個人在這裡等太久不安全，我問問景鈺他們到哪了吧。」

他邊說邊拿出手機，葉涵歌就見他好看的眉頭又皺了起來。

「怎麼了？」葉涵歌問。

景辰拿著手機走到屋外，片刻後回來說：「這裡沒訊號。」

「這樣啊……」

看來想不麻煩他都不行了。

景辰看了眼時間說：「我兩點前應該可以下來。」

葉涵歌連忙說：「好的，不著急，你注意安全。」

景辰點點頭，正要離開又想起什麼，從雙肩包裡拿出便條紙和筆，寫了一串數字遞給她：「我的電話號碼。如果有什麼事，可以和別人借手機打給我。」

葉涵歌怔了怔：「這裡不是沒訊號嗎？」

景辰咳嗽了一聲：「我猜也不是一直沒訊號。」

葉涵歌還沒想明白這話，他已經出了小木屋。

低下頭，對著那串早已倒背如流的數字看了片刻，仔細將便條紙折好，塞進錢包裡。

景辰剛走，老闆娘收拾完隔壁桌子路過葉涵歌，笑著開了句玩笑：「小姑娘的男朋友不錯啊。」

葉涵歌愣了一下解釋說：「不是男朋友。」

老闆娘也不在意，笑呵呵地說：「不是也差不多了。」

葉涵歌沒理解老闆娘話裡的意思，只當她誤會他們，但對著陌生人，她沒過多解釋。

葉涵歌以為要等很久，結果半小時剛過，就看到景辰氣喘吁吁地推門進來。

她有點意外：「怎麼這麼快？」

「也沒什麼好看的，就是海拔高點，看雲海的角度不同。」

說著他掏出手機打開一個影片遞給她。

鏡頭下的景色的確很美，但正如景辰所說，他們這一路走來，這樣的景色並不罕見。要說有什麼不同，就是他們現在所處的位置應該在雲海中，而景辰拍攝影片的位置應該是在這層雲上方，所以影片裡的青松和雲海都是在腳下的。

不過葉涵歌並不在意上面的景色比這裡好多少，她更在意的是面前的這個人。算了算時間，他應該是一口氣跑上山的，然後拍了影片又跑了下來，倒像是只為了拍這個影片跑這一趟似的。

她心不在焉地將影片看完，習慣性地像用自己的手機一樣按了退出，結果就看到他的相簿裡幾乎全是她的照片。

有那麼一瞬間，她的心跳得厲害，雖然明知只是因為自己的手機沒電了才用他的拍照，但是一想到他手機裡有那麼多自己的照片，就像許多男女朋友之間一樣，就覺得心裡甜得要流蜜。

景辰也注意到了這一點，看她一眼說：「拍了好多，回去都傳給妳。」

「好。」她點點頭，不敢看他。

「那我們走吧。」

景辰邊說邊走上前，還沒等她有所反應，直接撈起她的一隻手臂搭在他的肩膀上，另一隻手穿過她的腋下，以一個半摟半抱的姿態將葉涵歌整個人架了起來。

葉涵歌回過神來的時候，臉又不爭氣地紅了。她死死低著頭，但還是可以想像得到，老闆娘是以一種什麼樣的目光打量他們兩人的。

兩人往山下走了一會兒，剛開始的路還挺寬敞的，可以容納兩、三個人並排通過，後面漸漸變窄，只能容納一個人過。所幸中間又到了一個小的觀景臺，有人停下來拍照，葉涵歌提議先休息一下。

景辰將葉涵歌安頓在一個石凳上，拿出水遞給她。

她道了聲「謝謝」，擰開瓶蓋，喝了一小口，然後心不在焉地看著周遭的風景和遊人。很快，葉涵歌注意到，大家都在觀景臺某一處拍照。她順著那個方向看過去，看到後面有幾棵格外高大巍峨的老松樹，搭配上周遭繚繞著的雲海，很有意境。

可惜人太多，再美的景色看起來也不美了。

片刻後，葉涵歌看到有個年輕女孩招呼了幾聲，之前還在拍照的人紛紛往山上走去，看來是個旅行團。

旅行團一走，周遭頓時清靜了許多。

景辰走到觀景臺邊，對著老松樹的方向拍了幾張照片，然後低頭擺弄起手機，像是在看照片效果。

這時候又有人結伴上來，是兩個女生，像是附近的大學生，其中一個短髮女生脖子上還掛著單眼相機，看樣子對攝影還挺有研究。

短髮女生找了一會兒角度，幫另一個長髮女生拍了幾張照片，兩人就湊到相機前看成果。不過長髮女生一直有點心不在焉，眼睛總往同一個方向瞥，如果葉涵歌沒看錯的話，她應該是在看景辰。

很快，與她同行的短髮女生也注意到了，順著她的目光看了一眼，兩人又開始咬耳朵，也不知道說了什麼，長髮女生臉都紅了。

葉涵歌看了有點生氣，可惜她的腳不方便，不然一定會去和景辰說幾句話，讓她們知道他不是一個人。

然而鬱悶的是，她只能在石凳上坐著當背景，而被人盯上的某人還渾然未覺有什麼不對，自顧自地又對著遠山拍了幾張照片。

就在這時，那個短髮女生跑到了景辰身邊，說了幾句話後朝景辰揚了揚相機，又指向她身後的長髮女生，看樣子應該是請景辰幫兩人拍照。

葉涵歌撇撇嘴，心想等一下拍完照是不是就該要聯絡方式了？

她有點生氣，特別希望景辰立刻拒絕她們。

可是景辰順著短髮女生手指的方向看了一眼，又朝她坐的方向掃了一眼，隨後竟然點頭同意了！

這還是她認識的景辰嗎？有這麼好說話的嗎？

葉涵歌覺得自己的五臟六腑都不舒服了，賭氣地看向別處。

等她再回過頭時，他們已經拍完照了。景辰把相機還給兩個女生，短髮女生熱情地道了謝，然後回頭看了眼長髮女生，又跟景辰說了句什麼。再看那個長髮女生，只是望著景辰不好意思地笑。

還真的是拍完照就要聯絡方式了？

現在的女孩子都這麼大膽奔放嗎？可憐她暗戀景辰這麼多年，如今更是朝夕相處，卻依舊沒有勇氣在他面前表露想法。也或許就是因為這一點，她終將錯過他。葉涵歌想想，覺得心裡一陣鬱悶。

她本以為這一次景辰無論如何都是會拒絕的，直到她看到他拿出手機的那一刻。

葉涵歌彷彿聽到了胸腔裡那顆心碎裂的聲音，難道是長髮女孩特別漂亮，所以他也一反常態地變得容易親近了？

然而她這邊兀自天塌地陷，對面的兩個女孩卻毫無預兆地朝她的方向看了過來。

就在葉涵歌發呆的時候，景辰已經走到了她的面前，朝她伸出一隻手。

葉涵歌看著那隻骨節均勻且修長的手，一時間沒明白對方是什麼意思。

她用眼神詢問，他略帶無奈地說：「請她們幫我們拍張照片。」

所以說他剛才把手機給那女生並不是同意加帳號，而是請她們幫忙拍照？

她被他扶著一瘸一拐地走到剛才長髮女生取景的地方，肩膀上突然多出的力道讓她不得不朝他靠近。她這才回過神來，意識到景辰正摟著自己的肩，而當她抬起頭對上前方不遠處長髮女生打量探詢的目光時，她就明白了，景辰這傢伙竟然在用她擋桃花！

不過這也比他接受其他女生的示好強百倍。

照片拍完時，長髮女生已經不見蹤影，短髮女生只是尷尬地朝著兩人笑笑，就轉身去追同伴，再也沒提一句聯絡方式的事情。

景辰把手機遞到葉涵歌面前：「看看。」

「什麼？」

「照片。」

「哦。」

葉涵歌接過手機，照片上的兩個人相互依偎地立在天與山之間，巧的是周遭幾乎沒有其他遊人，彷彿天地間只有他們兩個人。男生高大英俊，女孩在他身邊顯得格外嬌小。兩人都有同樣年輕的臉，她淺笑著看向鏡頭，他雖然面上沒有笑容，但目光無比柔和。

葉涵歌的臉不由自主地開始發熱，即便明知道這是故意做給那兩個女生看的，但看到他攏在自己肩頭的那隻手，還是會忍不住心跳加速。她突然沒出息地想，哪怕以後沒有未來，這樣也足夠了。

「拍得怎麼樣？」他明知故問。

葉涵歌生怕說句不好，這照片就被他刪掉：「難得剛才周圍沒有人，景色又好……之後把這兩張都傳給我吧，我選一選。」

「好。」

景辰上山時帶了張曹文博發的地圖，這時拿出來看了看，尋找著下山纜車的購票處。

「這裡到坐纜車的地方不遠了，不過接下來的一段路都比較窄。」他收起地圖說。

葉涵歌看了眼下山的路，這段雖然算不上多陡峭，但路修得很窄，剛才那樣兩個人並排走明顯行不通。

景辰提議：「我揹妳吧？」

葉涵歌發育得比較早，中學時還因此自卑過一段時間，所以一直特別注意避免和人有過於親密的接觸。後來長大了，她也想通了，迫不得已的情況下倒不至於多想，但此時此刻，難就難在對方是景辰，她對他本來就有不尋常的想法，而且由來已久。

不過要說起來，這並不是兩人第一次面對這種情況。但上次她是喝醉了，哪怕事後知道自己是怎麼被弄回宿舍的，也可以任性地行使醉鬼的權利，全當那天晚上發生的事情自己並不知道。再見面時只顧裝傻就好，只要對方不提起，也就沒了那層尷尬。

可是此刻不行，眼下兩人都清醒著，還是大白天的，她臉紅或出汗，都能看得清清楚楚……太難為情了。

葉涵歌再次提議：「要不然再打電話問問景鈺在哪……」

景辰看她一眼，拿出手機：「還是沒有訊號。」

葉涵歌有點意外，不是說山上都有訊號嗎，怎麼從小木屋出來到這裡還是沒訊號？

葉涵歌想了想，試圖說服景辰：「我覺得腳也沒那麼疼了，或許我可以自己走下去……」

景辰掃她一眼：「妳確定？」

葉涵歌想說確定，卻聽景辰輕聲說了句：「又不是第一次了，妳多重我早就領教過了。」

莫名的親密和曖昧。

見他已俯身蹲到面前，她也不再忸怩，輕輕趴在他背上，雙手環住他的脖子。緊接著，就感到腿彎上一緊，他揹好她站起身來。

當身體因為重量的原因不得已緊緊貼向他時，她閉著眼睛，幾乎可以想像得到他已經聽到了自己如擂鼓般的心跳。

景辰步履沉穩的走了一陣子，葉涵歌緊繃的神經總算漸漸放鬆下來。而且比起他的負重前行，她可愜意太多了，趴在他的背上還能看看沿途的風景。當她從遠處收回視線時，卻注意到他白皙的脖頸處已經滲出細密的汗珠。

她隨口問了句：「景師兄，你很熱嗎？」

明顯感覺到身下的人腳步一頓，片刻後才聽他艱難地回了句：「不熱。」

葉涵歌頓時明白了，他應該是累的。

心中立刻湧上淡淡的罪惡感，低頭見他鬢角處和耳後都有汗流下來，鬼使神差地，竟然用手掌墊著袖口輕輕替他擦掉了。

隔著薄薄一層衣料，她感受得到那下面溫熱緊致的皮膚，也感受得到他在那一瞬間明顯的僵硬。

葉涵歌這才意識到自己的舉動好像有點不妥，想說點什麼化解一下尷尬的氣氛，卻聽到他說：「謝謝。」

她不由得鬆了一口氣，景辰又說：「我上衣口袋裡有紙巾。」

「哦……」

這是讓她接著幫他擦汗的意思？

葉涵歌按照景辰的指示，從他衣服口袋裡翻出一包面紙來，並且在接下來的這段路裡，擔負起幫他擦汗的工作，偶爾遇到路邊的枯樹枝，也會善解人意地幫忙撥開。

兩人這麼友好合作地走了一段路，葉涵歌提議歇一歇。

景辰沒有拒絕，將她放在臺階上，從包裡拿出一瓶水，擰開蓋子遞給她。

她問：「還有很遠嗎？」

他拿出地圖看了看說：「沒多遠，幾公里吧。」

見他有點喘，似乎真的累了，她猶豫了一下說：「手機有訊號了嗎？要不然我們等等其他人吧？」

這次她沒別的想法，就是心疼他。隨便再來個什麼人，至少能幫忙揹個包吧。

她見景辰拿著地圖的手微微頓了下，然後拿出手機看了一眼，像是撥通了誰的電話，把手機放在耳邊等了一會兒，片刻後又重新收起手機說：「不行，還是打不通。」

葉涵歌有點失望：「哦。」

景辰眉頭依舊皺著，再說話時態度也有點不耐煩：「走吧，很快就到了。」

葉涵歌不知道他為什麼不高興，但考慮到自己此時就是個巨大的包袱，也不敢再說什麼，乖乖地爬上他的背，繼續幫人擦汗、擋樹枝。

然而就在這時，身後傳來一個年輕男人嘰哩呱啦的聲音。奇怪的是只有他一個人的說話聲，像是在和什麼人打電話。

片刻後果然就見一個二十來歲的年輕男人一邊打著電話，一邊小心翼翼地側身避開他們，步履輕快地朝山下走去。

周遭陷入了死一般的安靜，後來還是葉涵歌先打破沉默：「也不知道是什麼型號的手機，訊號這麼強。」

景辰義正詞嚴地糾正她：「不是手機型號的問題，應該是電信業者的問題。」

葉涵歌連忙點頭：「在我們宿舍時確實就有這種差異。」

她也不知道自己為什麼要這麼努力地迎合景辰的說法，只是覺得這件事不適合打破砂鍋問到底。

她很快又想到一個問題——上山時他之所以會和體力不濟的她結伴，難道不是因為他的腳傷至今沒好嗎？既然舊傷未癒負擔自己都有困難，這時揹著她走了這麼久，怎麼又好好的了？但不解歸不解，葉涵歌還是莫名覺得，這問題和手機訊號的問題一樣，不該多問。

所幸這一次沒走多遠就到了下山纜車的售票處。

接下來就順利多了，等兩人到山底時，其他人早就等在山下，見葉涵歌傷了腳，都上來關心情況。

葉涵歌看到蔣遠輝想上前又猶豫，最後只是隔著人群和她哀怨地對望。

她覺得莫名其妙，但也沒想太多。

師姐們提議趕緊送她去醫院，其實此刻葉涵歌已經覺得腳沒那麼疼了，但是剛才在山上時是真的疼得走不了路，所以又擔心景辰誤以為她之前是裝的，也就沒敢說自己其實已經好多了，只是說：「應該沒傷到骨頭，買個紅花油擦一擦就好了。」

景鈺說：「還是好好看看吧，我聽說有人剛受傷時不覺得有多嚴重，好久以後才知道是骨裂了，沒保養好會落下病根的。何況就算沒傷到骨頭，也不代表傷得不嚴重，之前景辰不是也是休養了一個多月嗎？」

身後傳來一聲冷哼和一聲嗤笑，冷哼聲葉涵歌很熟悉，來自蔣遠輝。葉涵歌循著另一個音源看過去，笑聲竟然來自老白。

老白見眾人都看他，連忙擺手解釋：「不好意思，剛想到個有意思的事情……你們繼續！你們繼續！」

景辰沒什麼表情地瞥了老白一眼，又看向葉涵歌說：「還是去看看吧。」

葉涵歌只好從善如流地聽從大家的安排。

曹文博立刻安排起來：「我叫個車，再安排兩人送葉師妹去附近的醫院，其他人先回賓館休息。」

說著看向眾人，是不確定安排誰陪著去醫院更合適。

老白說：「景辰沒把人照顧好，就他去吧。」

老白話音剛落，就見蔣遠輝想要說什麼，但被景鈺死死拉住。他們只有這麼幾個人，這兩人的小動作自然也被其他人看在眼裡。

曹文博憤憤不平——也不知道景鈺是怎麼了，這一路上看蔣遠輝就跟看自家孩子一樣，從沒讓他離開過視線。蔣遠輝也奇怪，以前不是恨不得黏在葉涵歌身上嗎，怎麼爬個山回來就像變了個人一樣，想幹什麼都猶猶豫豫的？難道景鈺跟他說了什麼，讓他為難了？不會是表白了吧？

曹文博越想越悔恨，早知道這樣，他說什麼也不會讓蔣遠輝跟著來的。所以老實人在感受到威脅後也難得地使了點小心眼，提議道：「景辰一個人帶著葉師妹去醫院掛號不太方便吧，要不要……」

然而他話沒說完，就見景辰冷冷地瞥他一眼，這一眼在別人看來很正常，可是在瞭解景辰的曹文博看來，就是他肯定說錯話了，讓這位又不高興了。

於是老實人的小心思還沒說出口，就不得不咽了回去。

最後還是景辰一個人帶葉涵歌去醫院，掛了個急診。

等著拍X光片的時間，景辰去了趟洗手間，這期間正好叫號叫到了葉涵歌。

葉涵歌見景辰還沒回來，一著急竟然就站起身來一瘸一拐地朝著診間走過去，很快她就意識到，自己竟然能走路了！但這要是被景辰看到了，那誤會可就大了。而就在這時，她感覺有人在看她，循著感覺看過去，便看到景辰拿著兩瓶水站在不遠處。

葉涵歌腦中「轟」的一聲，張了張嘴正要說話，此時一個小護士從診間裡出來，再次催促道：「三十二號葉涵歌在嗎？」

葉涵歌還沒來得及說話，景辰先替她應了：「在這。」

說著他已經朝她走來。

小護士看到景辰明顯愣了一下，再看到一瘸一拐的葉涵歌後，語氣溫柔地說：「不著急，慢慢走。」

葉涵歌本來想解釋兩句的，但在小護士的注視下，她也不方便說什麼。

週末醫院裡的人並不多，葉涵歌的X光片很快就出來了，結果和景辰之前說得差不多，沒傷到骨頭，所以最後只是拿了點外傷用的藥回去塗抹。

回去的路上，葉涵歌猶豫再三，實在是怕景辰誤會，還是解釋了一下：「剛扭到腳那時確實挺疼的，不過下了山以後就感覺沒那麼疼了，我不是……」

然而「不是故意騙你」這後半句還沒說出口，就聽景辰說：「是也沒關係。」

葉涵歌愣了愣：「什麼『是也沒關係』？」

景辰看她一眼，不緊不慢地說：「就算傷到骨頭我也會把妳安全帶回去的，當然沒傷到更好。」

「哦哦。」葉涵歌點頭，心想原來他是這個意思，不過原本要說的話卻再沒合適的機會說出口了。

快到賓館時，景辰問她：「春季籃球賽妳們班有人參加嗎？」

學校一年會安排兩次這種比賽，一般選在春、秋兩季，每個院系都有自己的隊伍，不過葉涵歌一向不怎麼「合群」，也沒關注過這些事，沒多想就隨口答道：「我沒注意過。」

景辰不動聲色地看她一眼：「妳從來沒看過這些比賽？」

葉涵歌正要說還真的沒看過，開口前卻突然意識到一個問題——景辰也不像是個愛湊熱鬧的人，卻突然問這種問題，莫非他會參加今年的春季籃球賽？

可是以往這類比賽就算沒關注過也聽說過，參賽選手都是大學生，因為研究生平時和大學生交集不多，而且都有各家老闆安排下來的任務，時間比較緊湊。尤其是他們資訊學院，最不缺的就是男生，要從裡面抓出幾個會打籃球的，太容易了。可以代表院系上場的人不少，自然也不會有人去向忙碌的研究生們求助，除非這個人打得特別好。

想到這裡，葉涵歌就覺得有人邀請景辰並不奇怪。她記得景辰高中的時候就代表學校參加過中學生籃球比賽，他本身個子高，技巧又好，不比體育專長生差。要不是學校指望著他拿個升學考狀元，籃球校隊早就找上他了。

這麼說來，他今年還真的有可能代表學院參賽。

想到這裡，葉涵歌說：「不是，我其實挺喜歡看籃球比賽的，但以前時間不湊巧，希望今年時間剛好。」

景辰點頭：「這個月最後的那個週末，我也不知道有沒有時間去。」

葉涵歌在心裡默默記下這個時間，然後故作驚訝地問：「景師兄你要參加今年的籃球賽嗎？聽說我們去年輸給了電子學院，大家都很遺憾，我和景鈺也這麼覺得，不過今年你要是去了，我們院的贏面可就大了。」

景辰看她一眼說：「看時間吧。」

❄

爬了一天的山，大家都很疲憊，又加上葉涵歌傷了腳，所以大家吃過晚飯，就各自回房間休息了，準備明天上午返回金寧。

睡覺前，葉涵歌突然想起今天的蔣遠輝好像有點怪怪的，於是問景鈺：「蔣遠輝今天怎麼了？」

景鈺說：「沒怎麼……」頓了頓又問，「不對，妳怎麼突然問起他？不會是看他今天沒主動找妳獻殷勤，突然覺得不對勁了吧？」

葉涵歌白了閨密一眼：「我是那種人嗎？」她若有所思地說，「我就覺得他今天挺反常的。」

景鈺有點心虛，小心地觀察著葉涵歌的神情說：「這有什麼反常的，大概是看妳總不給回應，覺得追妳無望放棄了吧。之前不是一直覺得困擾嗎，現在這樣不是正合妳意？」

葉涵歌想了想：「也是。」

見葉涵歌表情輕鬆，景鈺稍稍放下心來，然後又斟酌著問：「妳覺得景辰怎麼樣？」話一出口覺得有暴露的嫌疑，又連忙補救道，「我是說妳的腳不是受傷了嗎？那傢伙還算仗義吧？」

葉涵歌回想著今天在山上經歷的一切，景辰的表現何止是「仗義」？以前她懷疑自己得罪了他，他心裡厭惡她，卻因為和景鈺的關係不得不對她客氣點。但經歷了今天這事，大概能感覺得到他對自己至少不討厭。

只是他幫她敷腳、摟著她拍照、揹她下山……這些對自己的好，究竟是出於本身的好涵養，還是依舊有景鈺的關係作用，抑或是他也有那麼一點點喜歡她，她還是不能確定。

不過她總覺得，自從下山後，兩人之間的氣氛好像發生了微妙的改變……就比如此刻，手機的訊息提示音響個不停，所有的訊息全是來自景辰的，卻再也不是那些一本正經的關於專案的話題，而是她的照片，很多很多，還包括那兩張他們兩人的合照。

她回了個「謝謝」的貼圖，要是以往，對話大概就在這裡結束了，但是這一次，他卻一反常態地問她：『腳還疼嗎？』

她斟酌著回話，生怕把天聊死了，也就沒像平時那麼一板一眼地回他。

『好多了，多謝你今天沒把我丟在山上讓我自生自滅。』

又是一個感謝的貼圖。

本來以為他會說不客氣，她便問問他上次養傷的經驗，連續兩次麻煩他，再提出要請他吃飯，這樣也自然多了。

誰知道景辰沒按照葉涵歌預想的那樣回話，而是問她：『妳都是這麼謝人的？』

葉涵歌傳了個問號過去。

『我今天做牛做馬一整天，至少值一頓烤魚吧，加上妳上次欠的債，就是兩頓了。』

葉涵歌躺在床上捂著手機偷笑。

身邊突然傳來景鈺的聲音：「問妳話，妳也不回答，笑什麼呢？」

說話間景鈺已經爬到她的床上，她眼疾手快地退出和景辰的聊天對話，隨便胡謅道：

「我看社群呢。」

「社群有什麼好看的？」景鈺伸著脖子看她的手機螢幕。

葉涵歌這才注意到自己的手機螢幕正停留在某人的主頁上，而這人不是別人，正是景辰。景辰恰巧在幾分鐘前更新了動態，是一張風景照。黃山上這樣的景色隨處可見，不仔細看都辨別不出是在哪裡拍的，但偏偏葉涵歌對這裡印象深刻，因為就是在這裡，誕生了她和景辰的第一張合影。

專門挑選了這張發出來，是有什麼特別的用意，還是只是覺得這張拍得好呢？

「喲，這是誰拍的？還不錯。」

「哦，這個啊。」葉涵歌故作無所謂地說，「景辰拍的。」

景鈺若有所思地「哦」了一聲：「景辰又更新動態了啊？」

說著她直接從葉涵歌手裡拿過她的手機，饒有興致地翻起景辰的個人主頁。

內容跟景辰的社群上發的類型差不多，無非就是一些生活狀態，景鈺卻越看越覺得自己這堂弟有夠可憐的。不過這不妨礙她發出憐憫的笑聲，尤其是看到他拍的某張感冒藥的照片時，她都快笑暈了——她堂弟這個人，發燒不到三十九度都會硬撐著不吃藥的傢伙，前些天稍微咳嗽兩聲竟然就拍了幾張感冒藥的照片，還不忘發到動態上，玩起嬌弱了啊！

葉涵歌生怕景鈺看到她和景辰的聊天記錄，警惕地在一旁盯著她，見她只是對著張感冒藥的照片竊笑不止，有點摸不著頭緒：「這張照片有什麼玄機嗎？妳笑成這樣？」

景鈺笑得眼淚都出來了：「他都病成這樣了，妳這當師妹的竟然還給他點了個讚，他也可太可憐了吧！哈哈哈哈哈哈！」

葉涵歌都沒注意到這點，連忙去看，果然就見那張照片下面只有一個孤零零的讚，就是來自她的。

啊，她什麼時候點了讚？葉涵歌仔細回想了一下，一定是她看到時不小心按到的，這並不是她的本意啊！啊！想到她和曹文博他們也是好友，別人肯定都看到了，太尷尬了。

葉涵歌有心解釋：「我不是故意的，人家生病了，我怎麼能這麼沒心沒肺地點讚呢？」說著又有點發愁，「我要不要找個機會解釋一下呢？」

誰知景鈺卻說：「妳放心吧，他高興還來不及呢！哈哈哈哈哈……」

葉涵歌覺得景鈺的話有點莫名其妙，但她此時還在為自己不知什麼時候手賤點下的讚傷腦筋，也就沒細想。就在這時，又有訊息提示，葉涵歌這才想起剛才景辰讓她請客，她還沒來得及回，連忙拿過手機又去推景鈺：「快去洗漱吧，這都幾點了。」

等景鈺離開，她才小心翼翼地重新打開和景辰的對話，對話欄裡顯示景辰在一分鐘以前收回了一句話。

『景師兄，你剛才收回了什麼？』

『沒什麼，點錯了。』

葉涵歌也沒多想，想著怎麼解釋自己半天沒回訊息的原因，生怕他誤以為自己不願意請吃飯。

她斟酌了一下說：『剛才接了個電話，不好意思。』這則傳出去，鬼使神差地，她又補充了一句，『我媽的電話。』

訊息傳出去後，葉涵歌忐忑地捧著手機等他的回覆，片刻後，他總算回了個『嗯』，葉涵歌也跟著鬆了口氣。

她接著剛才的話題說：『兩頓飯沒問題，看你的時間。』

『最近有點忙，先累積著吧。』

葉涵歌有點失望，回了個OK的貼圖。

因為出來了兩天，實驗室裡耽誤了一些工作，而且景辰三不五時還要去訓練，為球賽做準備，所以正如他所說的那樣，回到金寧的前兩週，他確實挺忙的。

葉涵歌也沒閒著，因為這學期的成績直接關乎她能否順利保送，所以也不敢等到期末再臨時抱佛腳，平時有時間就泡在圖書館裡看書，不過還是一直留意著今年籃球賽的消息。

其實根本不用葉涵歌自己記著，今年的籃球賽聲勢遠比往年浩大，在前一週的時候，各院系的對決輪戰表就已經張貼在了校園裡所有顯眼的位置。

資訊學院首輪對戰的竟然就是去年拿到冠軍的電子學院。

景鈺對這種活動一向很熱衷，早早和葉涵歌約好一起去看比賽，但好巧不巧，就在比賽開始前，葉涵歌突然被導師叫去了辦公室。

其實也沒什麼大事，無非就是對可能保送研究生的幾個學生輪番談話，瞭解大家的意向。

葉涵歌心裡著急，對導師的問話也心不在焉的，偏偏導師今天談興特別濃，聊完了成績又聊起他們學院的幾個科系的發展。

葉涵歌偷偷看手錶，心裡無比沮喪，比賽已經開始了。所幸聊了一會兒，導師也注意到了她的心不在焉，問她是不是有事，她才把籃球賽的事情說了。

導師拍腦袋：「我差點把這事忘了，那妳快去吧，好好幫我們學院加油。」

等葉涵歌趕到球場的時候，上半場已經快結束了。她艱難地扒開人群找到景鈺，第一眼就看到了場上的景辰。

四月的天氣，遠沒到暖和的時候，他卻只穿著一身球衣。比起平日裡看起來略顯單薄的樣子，此時的他，修長結實的手臂和小腿，肌肉緊致，線條流暢，有種蓄勢待發的力量感，卻也不失美感。

周遭吶喊助威聲四起，仔細聽卻多是在為對方加油。

葉涵歌這才注意到景鈺的臉色不太好，湊到她耳邊問：「怎麼了？」

景鈺朝著對面場外的位置揚了揚下巴，葉涵歌循著她示意的方向看過去，上半場快結束了，他們還落後電子學院六分。

景鈺皺眉嘆氣：「我們院今天這陣容不應該啊，去年景辰不在，也只讓對方以兩分的優勢最後翻盤險勝了。今年景辰上了，才開場一下子，狀態就這麼低迷。」

耳邊傳來一陣驚呼聲，葉涵歌看向場內，是蔣遠輝帶球上籃，但差了一點，沒有進。

景鈺說：「不知道他是怎麼回事，今天都好幾次了。」

「狀態不好吧。」葉涵歌也不知道該怎麼說。

「不只他，景辰的狀態也不好。」

兩人正說著話，有人帶球經過他們面前，葉涵歌看到景辰的視線掃過她們所在的方向，雖然只是短短的一瞬，但葉涵歌覺得，他應該是看到她了。

但是又有點不太確定，因為景辰的狀態切換得太快了，上一秒葉涵歌還覺得他在看她，下一秒他就斷下了對手帶過來的球，直接帶球上籃，球進了。

頓時滿場響起了歡呼聲。

景鈺也一掃頹態，眉開眼笑地回頭看她一眼：「看來景辰的狀態找回來了，下半場我們有希望囉。」

就在這個時候，上半場結束的哨聲響了起來。場上雙方隊員放鬆下來，找各自的毛巾和水，休息喘口氣。

景辰接過隊友遞過來的礦泉水，似乎是渴急了，當下擰開瓶蓋，仰頭喝起來。陽光下，他身上的汗珠和水瓶裡的水折射出點點光芒。

此時滿場都是高大的男生，但葉涵歌的眼中只有那個仰著頭灌水的景辰。

可能因為喝得太急，有小股的水順著瓶口流出，又順著他好看的下頜弧度一直流向脖頸，滑過他滾動的喉結，最後混著汗水沒入鎖骨之下。

身邊傳來「哧哧」的竊笑聲，葉涵歌頓覺眼前的「美景」像玻璃一樣從某一處開始碎裂，周遭的喧鬧聲重新回歸。

她略帶遺憾地回過頭，景鈺正捧著手機忍笑，臉憋得通紅。

葉涵歌看她，她似有所感，頭也不抬地擺擺手示意沒事。

葉涵歌也就沒在意，抬頭再看，剛才景辰站著的地方已經沒有人了。她頓時焦慮起來，滿場找他，最後在其他隊員中間找到了。

有人拉著他討論後面的戰術，他微微蹙眉聽著，間或點一下頭表示明白或者認可。

而就在這時，景辰毫無預兆地抬眼看向她們這裡，葉涵歌光顧著偷窺，一時間沒反應過來，倉促間兩人來了個對視。

但也只是一瞬，他又把視線挪開，去看旁邊說話的人。

所以他到底有沒有看到她？都對視上了，應該是看到了吧。不過中場休息時間不長，看樣子在球賽結束前是沒機會跟他說句加油了。

而就在這時，葉涵歌看到他反手拍了拍面前的人的肩膀，朝她走來——其實她也不確定是不是朝著自己來的，因為他一路上都沒有看她一眼。

午後的陽光暖融融的，他似乎也覺得熱，很隨意地低頭撩起球衣前襟，擦了擦腦門上的汗。只是短短的一瞬間，葉涵歌還是看到那件球衣下面緊致的腰身，平整結實的腹肌，甚至還有隱隱約約的人魚線。

周遭的鼎沸人聲在那一瞬間都化作了背景音，唯一清晰的聲音是來自自己體內那倉皇的心跳聲。

這才四月啊，天怎麼就這麼熱呢？

身邊再度傳來某人煞風景的憋笑聲，葉涵歌鬱悶地瞥了眼景鈺，不知道她在和誰傳訊息，笑得像個傻子。

回頭再看景辰，他也拿出手機，隨意翻看著什麼，依舊是一貫的面無表情，朝著她們的方向走來。

從剛才起，景辰放在短褲口袋裡的手機就一直震動，從震動時間和頻率來看，應該是訊息提示。一開始並不想理會，但震過幾次後，他也擔心真的有什麼正事被耽誤了，拿出來一看，都是來自景鈺的。

掃了眼景鈺的方向，就在不遠處，低著頭，看不到臉上是什麼表情。他猶豫了一下，還是打開來看。

片刻前：『喝水時的喉結很性感啊，哈哈哈哈哈哈！』

兩分鐘前：『鎖骨也不錯！老弟，你悟性很高嘛！』

一分鐘前：『我的媽呀！撩衣服這招也太油膩了吧，哈哈哈哈！但你竟然有腹肌，還有人魚線！為了今天，你沒少下功夫啊！』

景辰看完，若無其事地收起手機，朝兩人走過去。

見他走近，葉涵歌又不安起來，剛才的癡漢模樣沒被他看到吧？天這麼熱，她特地化的妝是不是已經花了？正想問問景鈺，發現景鈺竟然正看著她。

她被湊近的大臉嚇了一跳：「妳幹什麼？」

景鈺猥瑣地挑了挑眉毛：「好看嗎？」

剛才不是一直在玩手機嗎？什麼時候發現她看景辰的？

意外被抓包，讓葉涵歌的心跳漏掉一拍，正想著怎麼解釋一下，就見景鈺看著景辰，對她說：「我弟是真的騷。」

這傢伙真是語不驚人死不休啊！如果景辰聽到她們這麼議論他，就太尷尬了！眼見景鈺似乎還想說什麼，葉涵歌情急之下連忙去捂她的嘴，景鈺卻無所謂地哈哈大笑起來。

景辰走到兩人面前，淡淡瞥了眼樂不可支的景鈺，莫名其妙地問葉涵歌：「她怎麼了？」

葉涵歌尷尬地笑笑：「鬧著玩呢。」

景辰沒有接她的話，似乎並不關心兩人剛才在說什麼，而是問葉涵歌：「下午有課？」

葉涵歌愣了一下才反應過來，應該是開場時沒看到她和景鈺一起來，所以隨口問的。她說：「剛才被老師臨時叫去聊天了，所以來晚了，不過一來就看到你進球了。」想到景辰帶球上籃時的樣子，她由衷地讚嘆道，「真厲害啊！」

就見他輕輕笑了一聲好似在笑她大驚小怪沒見過世面，抑或只是一種客氣的回應。不過對於景辰這種不愛笑的人來說，哪怕是個苦笑都太難得了，這一笑還那麼明豔動人，像夏日裡的穿堂風一樣帶著少年特有的青澀，又像冬日午後的暖陽一樣有了點成熟男人的溫暖。

「等一下有空嗎？」他突然問她。

葉涵歌不明所以：「等一下？」

「那就再晚點吧，出了太多汗……」他低頭揪起球衣的前胸處擦了擦下巴，然後看她一眼後說，「球賽結束後我要先去洗個澡，之後一起吃飯吧？」

是在跟她說話嗎？葉涵歌抬頭看他，確定他是在看自己沒錯。

「吃飯？」

「欠我的兩頓烤魚，可以慢慢兌現了。」

「哦哦！」葉涵歌連忙說，「沒問題，或者你想吃別的也可以！」

景辰點點頭：「那就到時候再說吧。」

「嗯嗯。」

說完景辰看了眼裁判所在的方向。

葉涵歌知道，中場休息要結束了，於是抓緊時間替他打氣道：「加油！別跟他們客氣！」

景辰聞言又是一笑，這一笑讓葉涵歌久久回不過神來，直到人都走遠了，她才被一個幽靈般的聲音喚回了神志。

「有沒有一點點動心？」

景鈺的突然發問嚇了葉涵歌一跳，葉涵歌拍著胸口嫌惡地看著她：「妳今天是受到什麼刺激了？」

景鈺嬉皮笑臉：「突然發現我弟這麼優秀，所以受到刺激了。怎麼樣，妳覺得呢？」

「突然發現？妳不是早就發現了嗎？」

「今天發現得更多……」

景鈺邊說邊在心裡感慨——學習能力強這事原來不分時候、不分領域，她以前以為她那堂弟只會讀書，誰知道追女生這方面也有無限潛力，之前苦戀單相思全是自己悶騷出來的，被她這個堂姐稍微點撥，便領悟了，甚至學會了舉一反三，這以後還得了？

想到這裡，她又憐憫地看向自家閨密，這傻丫頭被人算計了還不知道，不過景辰那麼癡情，她也不算虧吧，就是以後兩人在一起了，傻白甜肯定是鬥不過心機男的。

看著景辰重新回到場中，葉涵歌緊繃的情緒漸漸放鬆下來，這麼一放鬆就感覺有人在看自己，順著那感覺看過去，竟然對上了場邊蔣遠輝的視線。

原來他下半場被換下來了。

可是這一次，蔣遠輝沒像以前那麼沒心沒肺地朝她笑，也沒有因為輸球而流露出遺憾或者委屈等任何情緒，只是那麼一瞬也不瞬地注視著她，不知道已經多久了。

這讓葉涵歌莫名覺得很不舒服。不過還是朝他笑了笑，他卻一反常態地直接別開了視線。

葉涵歌問景鈺：「妳覺不覺得蔣遠輝最近有點奇怪？」

景鈺當然知道蔣遠輝為什麼表現得「奇怪」，但面上還是那副無所謂的神情：「沒有啊……哦，他最近好像不怎麼來招惹妳了啊，大概是想通了吧。」話音剛落，景鈺又想起什麼，回頭看著葉涵歌，「妳不會真的對他有意思吧？」

「怎麼可能？」

景鈺狐疑地打量她：「不是最好。」

這話讓葉涵歌也奇怪起來：「妳不是一直想撮合我和他嗎？現在怎麼變了？」

景鈺眨眨眼不看她：「妳不是說不喜歡他嗎？我這是怕妳一看人家後撤了，不甘心反而被套路了。」

葉涵歌無語：「那妳是白操心了。」

說完她又看了看景鈺和不遠處的蔣遠輝，也不知道是不是她的錯覺，總覺得從黃山回來後，這兩人都有點說不上的古怪。

這場籃球賽的上半場打得如何不順，葉涵歌並沒有親眼看到，中場休息時資訊學院落後電子學院兩分，這還是上半場結束前一刻景辰進了一個球後的差距。

然而下半場的情況明顯不同了，景辰一個人就帶起了全場的節奏，在隊友的配合下，帶球突破了電子學院銅牆鐵壁一樣的防守。他的個子很高，身材也結實，但非常靈敏迅捷，場上不斷傳來進球的哨聲，場下的女生們已經叫破了喉嚨。

一場球賽打得酣暢淋漓，資訊學院眾人的心情都不錯，誰也沒想到今年的第一場就大獲全勝。

有人不認識景辰，悄悄打聽他是哪個年級哪個班的，立刻就有其他人起鬨：「不會是看上人家了吧？欸，妳臉紅什麼？也不丟人，喜歡景辰的人可多了。」

有人很快抓到重點：「這麼說他還是單身嗎？」

之前開玩笑起鬨的那人說：「是啊，我聽說他前兩年一直在國外，上學期剛回國，可能還沒來得及找女朋友吧。」

被開玩笑的女生說：「難怪覺得眼生呢。」

另外一個人又說：「那妳是沒看過論壇上最熱門的那個文，幾年前的，他剛入學就被學姐注意到了，學姐是個混跡論壇的大佬，發文點名當時學校裡的各大院草，用的鎮樓照就是偷拍他的照片。那文章一下就紅了，所以即便他後來出國了，還是有人在打聽他，不過上學期他回來以後那文章就被刪了。」

「原來如此。」

葉涵歌和景鈺默默地在幾個女生前面聽著八卦，末了景鈺意味深長地說：「想不到我弟比前兩年更搶手了，要是有人當了他的女朋友，肯定會被羨慕死。」

葉涵歌卻惆悵起來，誰說不是啊，她現在就已經開始羨慕那個人了。

球賽結束，景鈺被班上的男生拉住說話，葉涵歌在一旁等著，發現景辰也沒走，在不遠處和電子學院的幾個人說著什麼。

等景鈺這邊聊完，她們要離開球場時，正好景辰也從球場出來。

景鈺調侃她弟：「喲，球打得不錯嘛！哦，對了，腹肌也不錯，哈哈哈！什麼時候練的？真的假的？來摸摸……」

景辰冷冷地回頭看了他姐一眼，成功地讓人閉了嘴，不過景鈺也沒覺得自己有什麼不對，依舊嬉皮笑臉的。

葉涵歌都替自家閨密感到尷尬，怕兩人又互嗆起來，連忙岔開話題說：「景師兄，我們等一下幾點出發？」

景辰看了眼時間說：「六點學校東門見吧。」

景鈺說：「不是還沒說好要吃什麼嗎，怎麼就約東門了?東門那幾家店有什麼好吃的？」

這話又成功引來景辰的一道眼風：「妳不想去可以不去。」

「你不想讓我去我偏要去！」

景辰回頭又看了他姐一眼，卻換了個話題：「今天我在場上打球一眼就看到了妳，知道為什麼嗎？」

景鈺想說還不是因為葉涵歌，但考慮到現在還不是跟葉涵歌攤牌的時候，她笑笑說：「還不是因為你姐天生麗質，萬裡挑一！」

景辰難得地笑了一下，不過卻是譏笑：「因為妳的目標夠大。」

景鈺愣了一下，才反應過來景辰是在笑她胖。過完年後，她體重增長了好幾公斤。天天量體重，這幾公斤都快要成為她的心病了，今天被景辰這麼嘲笑，頓時惱羞成怒。

「景！辰！」

姐弟倆又是一番你來我往，葉涵歌無奈，但還是不忘安撫景鈺。這麼多年了，她這角色從沒變過。

景鈺因為「目標夠大」這幾個字足足氣了一路，吃飯的時候也沒像往常一樣想吃什麼就吃什麼，那種想吃又不得不忍耐的表情，看得葉涵歌忍俊不禁。

她小聲勸解閨密：「吃飯的時候就不減肥了吧，吃飽了才有力氣減嘛！」

景鈺彆彆扭扭地瞪了對面的某人一眼，依舊只是含蓄地夾了一小口菜。

景辰才不關心他姐吃多吃少，他問葉涵歌：「下個月要開始準備保送的資料了吧？」

葉涵歌點頭：「今天導師叫我過去也是說這件事，不過還要看這學期的期末考試成績。」

聽說他們年級被通知準備資料的有三十個人，最後的保送名額應該和往年差不多，之所以讓三十個人準備，是因為最後這學期的成績還沒有出來。這三十個人裡誰都有可能被保送，誰也都有可能被淘汰。

想到這些，葉涵歌頓時覺得壓力很大，接下來這個月既要準備資料又要準備期末考試，真是有夠忙的。

這時候景鈺幽幽開口：「某人不是擅長重點整理嗎？」

經她這麼一提醒，葉涵歌想起去年期末時多虧了景辰的那本筆記，要不然怎麼會說有些人是天才呢！大三的課程景辰都沒上過，只是憑著看書和往年的題目，就能猜中教授們會考什麼。他的筆記簡單易懂，重點沒有之前那位師兄整理得多，但個個都是考點，這大大提高了她們的複習效率，所以上一學期葉涵歌的成績非常好，直接把年級排名提升了六、七個名次。景鈺除了綜合實驗課，其他課也難得地都通過了。

不過讓他這麼忙的人專門去看大三的書，她自覺沒這麼大面子，連忙拒絕說：「不用了，實驗室的事情也多，專案正在結案階段，我幫不上忙就算了，不能再麻煩景師兄。」

景鈺挑挑眉：「放心吧，妳的景師兄巴不得妳麻煩他。」

對上景辰警告性的眼神，景鈺沒有繼續說下去。不過葉涵歌也沒有多想，只當是兩人在接著鬥嘴。

吃完飯出來，景辰的宿舍和葉涵歌她們的是不同方向，走到岔路口，三人分道揚鑣。

景鈺還對景辰嗆她的那幾句話念念不忘：「我以為這幾公斤胖得沒那麼明顯呢！上次曹

文博見了還說我氣色好了，我就說我整天熬夜打遊戲，哪來的氣色好，原來是臉大了一圈，在那傻子眼裡就成了氣色好。」

葉涵歌毫不客氣地笑了，這真像是曹文博能說出來的話。

兩個女孩正有一句沒一句地聊著天，景鈺的手機突然響了。

拿出來看了一眼來電顯示，然後又看了一眼葉涵歌，這才接通電話。

這通電話也只有幾分鐘，但全程都是對方在說，景鈺難得地只是聽著，間或回應個「嗯」或者「啊」，足見她和對方已經很熟悉了。

葉涵歌以為是閨密的某位追求者，又猜不出是哪個，只怪她最近太忙了，都沒時間關注閨密的個人「情況」。

等景鈺掛上電話，葉涵歌就忍不住八卦地問道：「誰啊？」

「曹文博。」

葉涵歌意興闌珊地「哦」了一聲，又想起景鈺接電話前看她的那一眼，心裡浮現出一個猜測。

「不是吧，妳和曹師兄？」

「我和他沒什麼，有時候聊個天，偶爾打個電話或者吃個飯，就這樣。」

葉涵歌消化了一下她的話，想說這對景鈺來說的確沒什麼，可她也瞭解曹師兄，心知這對曹師兄來說就很有什麼了。不過作為一個外人，也不好多說什麼。

葉涵歌的想法景鈺怎麼可能不知道，曹文博對她是什麼想法，在這方面這麼敏銳的人怎麼可能感覺不到？說實話，她並不討厭接觸曹文博，有時候還很享受他對自己的謙讓和討好。但他不表白，她就假裝不知道，正好她也不確定自己對他是什麼想法。

不過根據以往的經驗，曹文博應該不是自己喜歡的類型，她更喜歡趙珂那種有點壞、有點痞的。曹文博對她來說太單純老實了，最可惡的是，她有時候會很想刺激一下老實人，讓老實人也看看她景鈺究竟是什麼樣的人，接受不了就趁早離遠一點。偏偏她做什麼在老實人眼裡都是好的，這個認知讓景鈺覺得既甜蜜又心酸，所以現在對曹文博比對其他人脾氣收斂了很多。

籃球賽又打了幾場，葉涵歌每場都去看，結果都沒有讓她失望。今年有了景辰的加入，他們學院的水準果然提升很多，不僅早早淘汰了宿敵電子學院，後面每場贏得都很輕鬆。

忙碌的時間過得飛快，很快這學期的幾門課陸續開始停課，進入複習階段。

今年的天氣很不尋常，剛過五月中旬，金寧市就熱得讓人喘不過氣來。全校唯一有空調的圖書館裡一位難求，葉涵歌今天起晚了，索性就和景鈺在宿舍裡看了一上午的書，打算中午吃完飯再去圖書館，結果到了圖書館，才發現早就沒位子了。

兩人止愁沒地方複習，景鈺拿出手機打了個電話，她的手機音量調得很高，周遭又安靜，很快葉涵歌就聽出和她通電話的不是別人，而是曹文博。

景鈺把情況和曹文博一說，曹文博連忙讓她去實驗室，說之前跟著做專案的大學生都走了，正好有空座位，這幾天在那複習都沒問題。

葉涵歌一邊聽著兩人說話，一邊暗自思忖著——自己等一下乾脆找個咖啡廳複習好了。現在她跟的專案已經結案，實驗室早就沒了自己的位子了，她又覺得無論是曹文博還是景辰，自己都不如景鈺和他們熟，景鈺可以去實驗室複習，但她跟著去好像有點不合適。

而就在這時，感到景鈺突然看向自己。曹文博的說話聲好像也停了下來，片刻後，景鈺把手機遞過來。

她覺得有點莫名其妙，以眼神詢問景鈺，景鈺卻沒有提示的意思，只是曖昧地看著她，示意她接電話。

葉涵歌遲疑地接過電話「喂」了一聲，以為對面是曹文博，沒想到是景辰。

『是我。』他說，『我這幾天整理了兩門課的筆記，等一下妳跟景鈺一起來實驗室，我跟妳們講解一下。』

她沒想到上次景鈺只是隨口一說，他竟然真的花時間幫她們整理筆記了，雖然是沾了景鈺的光，但景辰確實也記著她，還專門提醒她去，真的挺感激的。

「好的，謝謝景師兄。」

掛上電話，兩人一起去了實驗室。此時還是午休時間，研究生辦公室人不多，景鈺進門直奔曹文博的座位。

曹文博知道景鈺要來，又是洗水果，又是倒水，忙碌了好一陣子。

景鈺對期末考試沒那麼上心，來時見曹文博正在看電影，便提議先一起看電影，反正中午這時候也沒什麼精神。

曹文博習慣了什麼事都順著景鈺，還問她要不要喝咖啡，他可以立刻就去買。

景鈺難得善解人意：「別去了，外面熱死了。」

葉涵歌聽到後一陣惡寒，景辰離他們的座位不遠，應該也都聽到了。但他並不關心，只是回頭看葉涵歌一眼，示意她過去。她坐在他旁邊臨時多出的椅子上，他拿出一本筆記和幾張考卷給她。

「去年的考試題目妳看過嗎？」

「看過了。」

「有不會的題目嗎？」

「最後那道題現在還沒搞懂。」

景辰點頭：「這類題型今年應該還會考。」

兩人正說著話，聽到身後又有人來，葉涵歌知道這人，也是研一的師兄。

那人從來沒見過曹文博和什麼女生走得近，此刻又看到他和景鈺共用一副耳機看電影，於是想當然地問了句：「女朋友啊？」

景鈺沒說什麼，誰知道曹文博立刻否認：「不是不是，是學妹。」

他們說話的聲音不小，周遭的人應該都聽到了。葉涵歌看了眼景鈺的臉色，暗道不好。

景辰也輕輕嘆了口氣，預感到曹文博要倒楣了。

果然那位師兄剛離開，景鈺就站起來開始收拾東西。

曹文博不明所以：「幹什麼？」

「冷氣吹得我心寒，出去暖和暖和。」

曹文博只覺得這話裡有話，但憑他的腦子一時間還沒想明白自己做錯了什麼。

景鈺沒多解釋的意思，已然大步流星走向門外。

葉涵歌見狀就想去追，卻被景辰按住。

「妳在這把筆記看完，有問題問我。」說完他像沒事人一樣又開始寫他的結案報告。

葉涵歌原本還有點猶豫，但看曹文博已經追了出去，這才又坐回椅子上。

曹文博追到電梯口才追上景鈺，氣喘吁吁地問：「怎麼突然就走了？」

景鈺並不急著回話，打量了一眼曹文博有幾分憨厚外加幾分討好的笑容，氣不打一處來：「看你挺老實的一個人，原來也是個渣。」

曹文博沒聽清楚景鈺說他是什麼，想再問一下，但景鈺已經進了電梯，而且不等他追進去，迅速按下關門鍵。曹文博雖然想不明白自己哪裡做錯了，只覺得這麼放走景鈺，以後兩人就真的沒戲唱了。等了片刻不見電梯重新上來，乾脆從樓梯間追了下去。

曹文博和景鈺離開後，葉涵歌一直有點心不在焉。景鈺的脾氣她瞭解，火爆直爽，當然偶爾也有點任性要面子。她猜曹文博可能到現在也沒搞清楚景鈺為什麼突然翻臉，但是同為女生的她懂。

葉涵歌坐立難安地等了一小時，最後見只有曹文博一個人垂頭喪氣地從外面回來，就知道景鈺還在生氣。

她想著趕緊回去安撫一下景鈺，一邊收拾著桌上的書本，一邊朝景辰抱歉地笑笑：「我還是回去看看她吧，筆記我能拿走看嗎？」

「這就是給妳的。」

他這次說了「妳」而不是「妳們」，只可惜葉涵歌心裡惦記著事，沒察覺出和以往沾景鈺的光時有什麼不同。

葉涵歌走後，曹文博哭喪著臉敲了敲景辰的桌面：「出去買瓶水。」

景辰結案報告寫到一半，真的不想去，但看見一臉委屈的曹文博，不得已起身往外走。

一樓的待客區有自動販賣機，兩人各買了一瓶冰鎮雪碧。景辰拉開易開罐，仰頭喝了兩口，就轉身往電梯的方向走，走了幾步沒聽到身後的人跟上，回頭看曹文博正盯著他看。

他似有若無地嘆了口氣：「你看我也沒用。」

「我就是不明白，我做錯什麼了？說她不是我女朋友，本來就不是啊，我真懷疑就算說了是，她也要生氣。都怪那誰，又不認識，問什麼狗屎問題？簡直是送命題！」

景辰想了一下，說：「認識這麼久，我姐什麼性格你也大概瞭解了，你真的喜歡她？」

曹文博撓了撓頭：「她的性格不是挺好的嗎？」

景辰一聽這回答，就知道自己白問了。

「那你的想法有明確告訴她了嗎？」景辰問。

曹文博有點不好意思：「還沒有，可是我做得還不夠明顯嗎？」

「那不一樣。」

「如果說了，萬一她拒絕了怎麼辦？」

景辰點點頭，轉身往電梯的方向走：「可是不說，她也沒有機會答應你。」

說完這話，景辰自嘲地笑笑，人都是這樣，看別人的時候特別明白，輪到自己就開始糊塗，開始畏首畏尾，他自己又比曹文博好多少呢？

葉涵歌回到宿舍時，景鈺正躺在床上戴著耳機打遊戲。和她說話，她也有氣無力，愛理不理的。

「景師兄的筆記我帶回來了，剛才來不及，明天我去影印一份，這份就給妳看吧。」

「別白費力氣了，我懶得看。」

葉涵歌知道她不想說話，就沒再多說，搬了電風扇支在蚊帳外，繼續看筆記。

景鈺的脾氣葉涵歌最瞭解，雖然來勢洶洶，但來得快去得也快。果然這次也是，第二天起床後，景鈺就和沒事人一樣了，但葉涵歌一旦提起曹文博，她還是明顯會不高興，看景鈺不想說，也不好再問什麼。

很快就進入了考試週，葉涵歌沒心思再關心其他事。到最後一科考完，才驚覺，這學期過得太快了。

景鈺和曹文博那檔子事好似掉進平靜湖面的一顆石子，驚起幾圈漣漪後又像是什麼事都沒發生過一樣。

直到暑假開始後的第二週，她們這學期的期末成績在網路上公布了，葉涵歌才知道景鈺竟然被當了兩科，還都是景辰做過筆記押過題的科目。葉涵歌就知道曹文博那事對景鈺不是全無影響，不過景鈺自己不提，她作為朋友也只能配合著她，當這事已經過去了。

多虧了景辰的筆記，葉涵歌這學期的成績比她預想的還要好，她已經聽說了年級裡很多人的成績都不太理想，這樣一來，自己的排名應該可以提升不少。再加上專案上的加分，到了這一刻，她保送本校研究生的事情總算是十拿九穩了。

她回家的這段時間，幾乎沒有和景辰聯絡過，不過從他的動態裡大概可以猜到，他在忙一個新專案開發的事。他們一個在學校，一個在家裡，見不到面，想聊天都找不到恰當的理由，所幸聽景鈺說，他下週就能回來了。

想到很快就能見到他，葉涵歌打開衣櫃看了看，發現最近穿的這幾件裙子他都見過，而且也有點舊了。正好媽媽知道她今年考得好，專門獎勵了一張商場的購物卡，便想著去買件新裙子，萬一景辰回來了，有機會見面，她可以穿著新裙子去見他。

她立刻打電話給景鈺，約她一起逛街，景鈺正在家裡悶得無聊，兩人一拍即合。

因為是臨時決定出來逛街的，逛了沒一會兒就到吃午飯的時間了。

葉涵歌忙著點菜，景鈺把她的手機拿過去玩。葉涵歌發現不知道從什麼時候起，兩人只要在一起，景鈺就特別喜歡玩她的手機。

她們好到幾乎沒有祕密，當然除了景辰那事，所以對景鈺的這舉動，也沒覺得有什麼不好，只是感到好奇。

「我們的App載得都一樣，我的有什麼好玩的？」葉涵歌翻著菜單，隨口問道。

「妳的社群真有意思。」

「我們的不是都差不多嗎？」

兩人從國中起就是同學，認識的朋友、同學幾乎都一樣，所以好友除了各自的親戚，重合率高達九成。

景鈺心想差得可太多了，但面上還是找了個不容易引起懷疑的理由：「我手機快沒電了，要省著點用。」

葉涵歌不疑有他。

景鈺直接找到景辰的帳號，打開主頁，果然沒有讓她失望，這半個月裡他幾乎隔一天就會更新一則動態。看內容，其中胃病一次，研究到深夜三次，外出打卡兩次，曬貓一次。最經典的要數曬貓的那張。

這貓據說是他們室友的女朋友養的，她放假回家了，就把貓先寄放在他們宿舍養著。這貓大爺也不怕生，理直氣壯地把宿舍裡幾個人全當成牠的鏟屎官，每天想睡在哪裡就睡在哪裡。景辰房間外有個陽臺，那隻貓每天早上都喜歡在陽臺上曬太陽。陽臺和房間之間有玻璃拉門隔著，景辰的這張照片就是隔著玻璃門拍的。

在其他人——比如葉涵歌看來，這只是隨手一拍，但是在對景辰很瞭解的景鈺看來，這張照片處處透露著景辰的小心機。

一個大男生拍寵物照片本來就能給人留下很好的印象，會讓人不禁猜測這男生冷硬的外表下有一顆如何柔軟善良的心，也會讓人揣測他對貓都這麼寵溺，如果是面對他喜歡的女孩子，還不知道會寵成什麼樣子。當然最要命的是，這張照片的角度和構圖著實刁鑽。

照片的玻璃門外是貓，第一眼看去也會覺得他的意圖只是在拍貓，但是多看幾眼就會發現玻璃門上有他的身影，甚至還很清晰。至少可以清楚地看見他只穿了件居家的休閒長褲，上身赤裸，均勻修長的骨骼和流暢的肌肉線條，隱約可見。

景鈺快要笑暈過去了，一邊感慨她老弟是個真悶騷，一邊又掬一把同情淚，為了追到心愛的女生，放棄大好前程算什麼，肯出賣肉體才是一個男人愛的極致啊！

葉涵歌見她笑得前仰後合，也好奇起來，起身想湊過去看她究竟在看什麼。誰知景鈺完全沒有想分享的意思，擋住手機螢幕推開她：「好好點妳的菜，不要客氣，姐姐請客！」

葉涵歌無所謂地「哼」了一聲，低頭看菜單上那些她愛吃的菜，又開始煩惱。

可能是因為放假這段時間沒了課業壓力，生活太放鬆，也可能是媽媽做飯太好吃，葉涵歌在短短半個月內就重了幾公斤，儘管周圍的人都說完全看不出來，但她自己總覺得胖得很明顯，所以這頓飯也吃得尤為克制。

沒多久兩人就吃完了。

吃完飯去試衣服的時候，她更覺得自己小肚子鼓鼓的，臉也鼓鼓的，每試一件衣服，都會問景鈺：「顯胖嗎？」

葉涵歌的體重也只多了那一點，她以前太瘦，仔細看還是能看出點變化來。但在景鈺看來，卻並不是胖。

「這叫胖嗎？這叫豐滿，前凸後翹多少人求之不得啊！」

景鈺覺得以前的葉涵歌太瘦了，還是稍微胖一點更好看。想到這裡，她立刻拿出手機，打算拍張照片來調戲一下某人，葉涵歌卻已經跑回試衣間了。

接下來兩人再選衣服的時候，景鈺就多了點私心，推薦幾件她平時會穿的類型，中間再夾著一件特別顯身材的。

葉涵歌皮膚白，身材好，穿上身的裙子幾乎都很適合她。她每試一件裙子，景鈺就幫她拍張照，美其名曰是為了讓她從不同角度看效果，其實每一張都偷偷傳給了景辰。

被景鈺拍了一大堆照片，葉涵歌突然意識到一個問題：「妳不是說手機沒電了嗎？拍這麼多照片，電量撐得住嗎？」

景鈺說了這麼多年的瞎話，這種場面對她來說完全就是毛毛雨，她面不改色心不跳地從架子上拿了件針織連衣裙給她：「剛剛想起來，我帶行動充電源了……快去試試這件。」

葉涵歌拿著裙子在身前比了一下，是個掛脖的款式，會露出肩膀和一點鎖骨，胸口倒是遮擋得嚴嚴實實，這麼看著，這款既有點性感，又不太暴露，平時穿也沒問題。

所以雖然不是她平時會穿的款式，但還是決定嘗試一下。

然而穿上以後，就覺得有點不對勁了，這裙子是不是有點短？但是試衣間裡面沒有鏡子，只好出去看效果。

景鈺翻看著自己和景辰的聊天記錄，她已經傳了十幾張照片過去，對方一個標點符號都沒有回覆。可是她可以篤定，她悶騷的老弟一定已經在舔螢幕了，只是礙於面子，還在假裝沒收到。

這一次葉涵歌在試衣間裡待得時間有點久，久到景鈺都想進去幫她的時候，試衣間的門總算開了。

葉涵歌彆彆扭扭地從裡面走出來，景鈺頓覺眼前一亮。葉涵歌的身材是那種看起來挺瘦，但其實該有料的地方也不差。她的脖子纖細修長，一字形鎖骨也很美，雖然胸圍尺寸算不上傲人，但針織是一種能在視覺上顯得胸大的神奇材質。而且這裙子長度比葉涵歌平時穿的要短一些，能最大限度地展現她的一雙長腿。最後再說這顏色——裸色，那就是約等於「性感」的顏色。

景辰正在實驗室裡準備報告，放在桌上的手機「嗡嗡」震動不停。

他不得不拿起來看了一眼，二十六則未讀訊息。打開和他姐的對話欄，他頓時被還在不斷載入的照片嚇了一跳。不過也很快明白過來，應該是那傢伙在陪著葉涵歌試衣服，順便哄她拍照傳給他。

難得他姐偶爾也能做點正經事。

景辰翻到最上面的照片，開始一張張往下看，臉上的表情不由自主地就柔和了起來。

在他看來，這些裙子都很普通，可穿在她身上每件都好看。她一定在猶豫要買哪件吧？如果可以，他會全買下來給她。

可惜師出無名。

把收到的照片反覆看了兩遍，以為只有這些了，卻冷不防地又收到一張，而就是這一張，讓他險些沒拿住手機。

照片上的葉涵歌和以往認知裡那個或清純可愛或恬靜大方的她都不同，人還是同樣的人，卻多了份小性感。有那麼一瞬間，他恍然意識到自己記憶中的那個小姑娘已然長成了大姑娘，但這個認知也讓他莫名無措和慌亂，甚至血脈賁張。

「看什麼呢？」

伴隨著來人的問話聲，他的肩膀上一沉，不用回頭看也知道，是曹文博。

景辰第一個反應就是把手機扣過去，不讓曹文博看到他手機上的內容。

曹文博卻無所謂地說：「藏什麼呀，我都看到了。」

景辰心裡一緊，卻聽曹文博嘿嘿一笑：「不就是美女照片嗎？愛美之心人皆有之，有什麼不好意思的？」

景辰這才鬆了口氣：「找我？」

「你打算什麼時候回南城？」

「下週，你呢？」

「哦，我的工作差不多幹完了，買了明天回去的票。」曹文博頓了頓又問，「你什麼時候回來啊？」

「八月底，提前一兩天回來。」

曹文博點點頭：「我也是，回家能待挺長時間呢！」

「不到一個月，還行吧。」

「怪無聊的。」

景辰微微蹙眉：「你到底想說什麼？」

曹文博朝景辰笑笑：「南城有沒有什麼好玩的呀？」

景辰點點頭：「我懂了。」

幾天後，景辰返回了南城，只在自己家裡住了一晚，就去了景鈺家。景鈺媽媽很高興，專門炒了幾個他愛吃的菜。

趁著景鈺她媽在廚房炒最後一道菜的工夫，景鈺眉飛色舞地問景辰：「前幾天我傳給你那些照片不錯吧？」

景辰看都沒看她一眼。

「是不是反覆看了一遍又一遍？晚上都要抱著手機睡？」

景辰冷冷地掃她一眼，依舊沒說話。

景鈺用肩膀撞了撞他：「說說吧，打算怎麼謝你親愛的堂姐？」

景辰低頭吃菜，彷彿沒聽見。

景鈺也不生氣，還很大方地說：「算了，就叫聲姐來聽聽吧！」

「無聊。」

「你不想知道她最後買了哪一件？」

景辰不由得又想起他最後收到的那張照片，一時間神思恍惚，連帶著握著筷子的手也頓了頓。

景鈺像是看穿了他在想什麼，哈哈大笑：「你們男生都是一個樣，連你也不能免俗啊，我親愛的老弟！」

景辰皺眉看了眼廚房的方向，嫌棄地說他姐：「沒人說過嗎，妳這笑聲真的算不上好聽。」

景鈺完全不在意：「涵歌是絕對不會買最後那件的，那天試一下都是我勸了好半天的。不過，你可以買來送給她，就是不知道她會怎麼想，哈哈哈哈……」

景鈺媽媽從廚房裡出來，看到兩人聊得熱火朝天，笑著問：「什麼事這麼開心啊？」

景辰深呼吸，起身接過大伯母手上的盤子：「沒什麼。」

景鈺朝她媽眨了眨眼：「聊您的『兒媳婦』呢！」

眼見著大伯母臉上漸漸綻放出驚喜的笑，景辰立刻說：「在聊她上學期的考試成績。」

景鈺媽媽連忙問：「妳成績出來了？這學期怎麼樣？」

景鈺咬牙切齒地微笑著，在桌子底下狠狠踩了景辰一腳：「我還沒查，等一下查查。哦，對了，媽，上次那個辣椒醬還有嗎？給我來一點。」

「有，不過妳這孩子怎麼總吃那麼辣，對腸胃不好。」話是這麼說，但她媽媽還是起身去了廚房。

老媽一離開，景鈺立刻惡狠狠地對景辰說：「我這學期的成績好著呢！你可別在我媽面前瞎說！」

景辰點頭：「五門課，被當了兩門，對妳來說確實還可以。」

景鈺沒想到景辰已經把她的老底都摸清楚了，雖心有不甘，但還是咬牙切齒地問：「想讓我幫你幹什麼？」

「後天約她出來。」景辰也不跟他姐客氣。

景鈺冷哼一聲：「你讓我約，我就約？」

「妳也可以趁現在坦白妳的期末成績，撈一個從輕發落。這也沒什麼，最多就是少點零用錢。」

景鈺咬牙，但還是試圖討價還價：「我也可以讓涵歌更瞭解你一點，比如你最喜歡的女明星其實是波老師，最喜歡的書是《盛愛寫真》，最喜歡的影視作品是《家庭教師》……」

景鈺還要繼續說，景辰已經聽不下去了，打斷她：「我總算是知道妳怎麼做到每學期都被當的了。」

景鈺嘻嘻一笑：「也不是很難。」

「妳想要什麼？如果想讓我幫妳補習那兩門就算了吧，我沒時間對牛彈琴。」

景鈺擺擺手：「當我笨哪？你親愛的堂姐我隨便看兩天，考六十分沒問題。我其實是看上了一款遊戲機……」

景辰回國後沒再跟家裡要過錢，保送的研究生不用交學費，他一年有幾萬元的獎學金，除此之外還有導師額外發的專案補助、學校發的研究生補助等，所以從這個階段起，學霸就已經開始展示他超強的知識變現能力了。

景辰的優秀明顯加重了景鈺的生活負擔，原本習慣了大手大腳的生活，所幸父母給的生活費還算多，勉強夠花。但自從景辰回來以後，景鈺媽媽得知景辰已經可以自己養活自己，也狠狠心縮減了景鈺的生活開支，這讓從小沒體會過窮的景鈺突然就拮据了起來。這才不得已時不時就敲她弟個竹槓，誰叫他是罪魁禍首呢？

景辰問：「多少錢？」

景鈺一聽就知道成了，伸出去的兩根手指又瞬間變成了三根。

景辰深呼吸，拿出手機轉帳給她。

景鈺看到錢到帳的提示，開懷地拍了拍堂弟的肩膀：「我們可是親姐弟，就該這麼互幫互助對不對？」

景鈺媽媽正好從廚房出來，聽到女兒的話「噗哧」笑了：「妳也上進點，做出個姐姐的樣子來給我們看看。」

景鈺撇撇嘴，低頭吃飯。

吃完飯，景鈺問景辰：「為什麼是後天，明天不行嗎？」

「明天我有事，要回家一趟。」景辰說。

曹文博是後天到，需要住在他家，要提前回去準備一下客房。其實也沒什麼需要準備的，只是後天曹文博一來，他猜景鈺應該沒什麼時間當電燈泡了，正好把葉涵歌約出來，兩人就可以有個名正言順獨處的機會了。

第七章　我喜歡你

第二天景辰在景鈺家裡吃過午飯才回家，路上考慮到家裡可能沒有備用的洗漱用品，又改道直接去了購物中心。

南城著實是個小地方，可以購物的地方也只有那麼幾處，景辰家附近這處正好是南城最大的商業圈。商場、飯店林立，還有一家最大的購物超市。考慮到這兩天要在兩家之間跑，正好父母都出差了，家裡的車也閒著，他就開了出來。

把車子停到地下二樓的停車場，花了二十分鐘到地下一樓超市買了曹文博可能會用到的東西，還有一些水果、零食。再返回停車場打算離開的時候，突然又想起了景鈺傳給他的那些照片。其中幾張照片的背景中還能看到品牌的名字，他回想了一下，似乎就在這棟樓上。不知道她最後選了哪一件裙子，但有一件他知道她肯定不會選。

再回過神來的時候，他已經站到了商場四樓的女裝區，成年後第一次出現在這裡，這讓他有點不自在。而且一向自認為很有方向感的人，竟然在這方寸之地迷路了。

怎麼女生的衣服可以有這麼多款式？每件之間好像也差別不大……

景辰幾乎都要放棄了，突然看到一個櫥窗中的模特兒身上穿著件裸色掛脖連衣裙，似乎就是葉涵歌那天試的那一件。之所以沒那麼確定，是因為他覺得這件衣服穿在模特兒身上怎麼看怎麼平平無奇，完全沒有第一次看到時的驚豔。他翻出手機上的照片對比了一下，還真的是這件。

見他走進店內，立刻有年輕的女店員迎了上來，因為這裡是款式很年輕的女裝店，女店員很自然地問：「是買衣服送女朋友嗎？」

景辰否認的話到了嘴邊，又沒有說出口。

女店員見狀又笑著問：「需要幫您介紹一下款式嗎？」

景辰搖頭，指了指櫥窗裡的那一件說：「要那件。」

「好的，請問您女朋友的尺碼是多少？」

這倒是把景辰問住了，他來這裡本來就是一時興起，完全沒做什麼功課。要問景鈺嗎？肯定會被那傢伙笑死。所幸女店員一眼看到他的手機螢幕，驚喜道：「這個女孩我記得，她上次和朋友一起來的，我家這件裙子簡直是為她量身打造的，可是最後沒選這件。我們店裡的店員還有她朋友都覺得挺遺憾的，畢竟像她穿著這麼合適的人太少了，她要是穿著這件出門，肯定走到哪都很搶眼。」

他不要她搶眼，如果要穿，只穿給他一個人看就好。

女店員對葉涵歌有印象，這就省了景辰的麻煩，衣服很快被打包好。景辰離開前，女店員還頗為感慨地說：「您對您女朋友真好。」

景辰牽了牽嘴角算作回應。

然而回到家後，卻又看著那件裙子惆悵起來，一時興起買了下來，也不知道有沒有機會送給她。

曹文博是第二天晚上七點多到南城，景辰就讓景鈺約葉涵歌出來吃晚飯。

景鈺對這樣的安排頗有微詞：「我原本安排回九中看看的，好歹大家都是同一個學校出去的，總能找點共同語言，說不定在那環境下能被激發出什麼感情來呢。可是你倒好，那麼晚才出來，吃完飯還能幹什麼，看星星嗎？」

「也不是不可以。」景辰說。

景鈺被他氣得快瘋了。

景辰何嘗不想早點見到葉涵歌，但誰叫曹文博的行程就是這麼安排的呢？

景辰回來的這兩天裡，葉涵歌和他幾乎沒什麼聯繫，原本還有點失落，在家追劇、看書都有點心不在焉，直到景鈺說要約她一起吃晚飯，同時還提到景辰可能也會跟著一起去，這才又活了過來，立刻把新買的那件裙子拿了出來，熨好就等著明天穿出門。

隔天吃飯的地方，定在距離她們高中學校不遠的一家港式茶餐廳。約好六點見面，大家到的時間都差不多。

景辰他們剛到餐廳門口，就聽到有人叫景鈺的名字。姐弟倆回頭看，景辰一眼就看到正在過馬路的葉涵歌。

她今天穿了件明黃色的無袖連衣長裙，微微捲曲的長髮披在身後，一側耳邊還別著個精緻小巧的珍珠髮夾，整個人在夕陽的餘暉中明豔溫暖得像一幅畫。

景辰有長達數秒的失神，直到手臂被身邊的人撞了撞。

他垂眼看向身邊，景鈺挑著眉毛正笑看他：「口水都快流出來了！」

景辰漠然地從他姐那張小人得志的臉上移開視線，抬頭再看葉涵歌，她已經隨著人群過了馬路，離他們不遠。對上他的視線，她加快步伐，幾乎是小跑著到了他們面前。

「我是不是來晚了？」她氣喘吁吁地問。

還不等景辰開口，景鈺連忙挽起她的手臂說：「一點都不晚……欸，我說這件裙子真好看，是吧？」

說著她回頭看向景辰。

當然好看，在他看來，她穿什麼都好看。但見葉涵歌也回頭看他，他只是謹慎地「嗯」了一聲，不肯再多說一個字。

誰知景鈺不依不饒起來：「『嗯』是什麼意思？」

明知道景鈺這是挑釁，景辰原本不想理的，要讓他說，他也只想提醒她今天出門沒洗頭是非常不明智的，但目光掃到正沉默著拉扯景鈺的葉涵歌時，又改變了主意，很中肯地評價道：「好看。」

葉涵歌沒想到景辰還真的認真答了景鈺的話，反而有點無措起來，只能朝他訕訕一笑。

三人很快找到位子點好了菜，等上菜的時候，景鈺突然想到今天應該會收到某電商寄來的最新款遊戲機，連忙拿出手機查訂單派送的進度。

葉涵歌見狀問她：「又買什麼了？」

景鈺早就想買這款遊戲機了，找出商品介紹給葉涵歌看：「就是我之前看上的那款體感遊戲機啊。」

這遊戲機景鈺提過好多次了，葉涵歌有印象，之所以一直沒買就是因為價格不低。

「妳還真的買了？」葉涵歌問。

「我現在這情況哪買得起。」說著，景鈺瞥了眼對面的景辰，「是有人孝敬我的。」

景辰被他姐占了便宜也不生氣，不疾不徐地問：「妳打算幾號返校？要補考就必須早點走吧。」

景鈺一聽就知道他是故意的，不客氣地說：「哪壺不開提哪壺，是吧？」

「妳有哪壺能提？」

景鈺咬牙切齒，葉涵歌忍著笑替姐弟倆打圓場：「我也想早兩天回學校準備面試，到時候我們一起走吧。」

說起葉涵歌保送研究所的事情，景鈺多問了一句：「妳們的保送流程可真麻煩，什麼時候能拿到錄取通知書啊？」

「九月面試，十月就正式確定下來了。」

「研究所聯考幾號報名？」

「聽說也是九月開始報名。」

「那如果有人到十月才知道自己沒保送成功，考試不就趕不上了嗎？」

聽景鈺這麼說，原本還信心滿滿的葉涵歌，也不免有點焦慮。

這時候他們點的菜被陸續端了上來，景辰打斷兩人：「先吃飯吧。」

三人飯吃到一半，景辰收到了曹文博報備安全落地的訊息。他抬起頭看了景鈺一眼，然後說：「我去買單。」

景鈺立刻說：「這裡離學校很近，趁著天還沒黑，我們去逛逛吧。」

葉涵歌當然沒什麼異議，三人從餐廳出來，並排往學校的方向走。中途景鈺假裝接了個電話，稍稍放慢了腳步，於是就變成景辰和葉涵歌並排走在前面，景鈺一個人落在後面講電話。

她假裝打電話，其實手機早已調成拍照模式，對著前面兩人的背影連拍數張，全部傳給了景辰，並且留言說：『以前這麼多年怎麼都沒看出來，你們還挺登對的。』

景辰拿出手機看到這句話，不由自主地勾了勾嘴角，打賞似的回覆了景鈺幾個字：『離遠一點。』

葉涵歌早就用餘光感受到他走到半路時拿出手機回訊息，又瞥見他回訊息時的表情，心裡忽然落寞了起來。

這一走神，就沒注意到從他們身後轉出的一輛電動機車，還好景辰眼疾手快地一把將她拉住，才避免了一次不大不小的車禍。

葉涵歌被這突如其來的情況嚇了一跳，景辰關切地問她：「沒事吧？」

她心有餘悸地搖搖頭，心還在撲通撲通跳著，也就沒注意到景辰拉著她的手並沒有鬆開。

此時景鈺鏡頭下的兩人，她弟的側顏年輕英俊，垂眸看著葉涵歌的目光充滿了溫柔關切，修長有力的手正緊緊握著葉涵歌白皙纖細的手腕，而夕陽下的葉涵歌楚楚動人，一臉無助地仰頭和她弟對望。

有那麼一瞬間，自認為心上已經被磨出繭的景鈺都被這一幕甜到了。不得不承認，自己是有點羨慕葉涵歌的，有她弟這麼好的男孩數年如一日地默默喜歡著她。

她低頭看了又看，然後無比豔羨地把照片傳給了景辰。

景辰的手機提示音再度響起，兩人如夢初醒，景辰這才不得已鬆開了握著葉涵歌的手。

雖然還在暑假中，但學校裡還有準高三的學生們在補課。葉涵歌他們到學校的時候，天還沒有黑，正趕上學生們結束了下午的課出來吃晚飯。本來之前還擔心要跟校門警衛周旋一下，結果這時候校門前人來人往鬧哄哄的，他們又都是學生打扮，也就沒人注意到不是本校學生的人進入了校園。

校園跟幾年前比起來幾乎沒什麼變化，幾人先經過教學大樓一側的布告欄，景鈺湊過去看了看，笑著說：「我弟以前總出現在這裡呢，當時就說長得好看才能進這布告欄裡，再看看現在的小學弟，嘖嘖，還真是。」

葉涵歌自然也記得景辰是布告欄的常客，不時就有他又獲了什麼獎、取得了什麼名次的消息張貼出來，引得學校裡的女生都去圍觀。當時的布告欄是一個月更新一次，剛更新的時候去圍觀的人多，漸漸地，大家都看過了也就不會再去看了。可是葉涵歌不是，她每次經過這裡的時候，哪怕那則公告已經看過無數次，還是會仔仔細細地再看一遍，包括照片上他的眉眼。

然而當事人卻沒她們這麼大的反應，只淡淡一笑，看都沒看那公告欄一眼。

正是在這時，他的手機突然響了。

他看了一眼來電顯示，然後接通了電話：「你直接讓司機送你來第九中學，對，在文化路。到了直接進來，我們在教學大樓東側。」

等他掛上電話，景鈺好奇地問：「誰要來啊？」

他卻沒有直接回答景鈺，而是說：「再往前走走吧。」

葉涵歌也在猜等一下要來的人是誰，可惜剛才他們離得遠，對方的聲音她一點都沒聽到，連是男是女都不清楚。

很快，答案揭曉了，誰也沒想到，來的人竟然是曹文博。

曹文博揹著個大號的雙肩背包，一副風塵僕僕的模樣，很顯然應該是剛下飛機沒多久。

葉涵歌記得他是北方人，從家裡飛過來需要幾個小時。

而南城這小地方，又不是什麼旅遊勝地，他大老遠地趕過來，想來也不是為了遊山玩水。

葉涵歌很快反應過來，回頭看了眼景鈺。

景鈺上一秒還在發愣，下一秒扭頭就走。

曹文博也顧不上跟景辰和葉涵歌寒暄了，連忙追了上去。

兩人一個在前面走，一個在後面追，追上了又拉拉扯扯，繼而又是你追我趕，就這麼漸漸走遠，丟下了景辰和葉涵歌兩個人。

景辰提議：「去大樓裡看看？」

葉涵歌點點頭，跟著他走進了教學大樓。

可惜的是暑假裡低年級的教室沒有人都鎖著，高三的教室裡還有沒出去吃飯的學生在，所以兩人不方便進到教室，只能隔著門在走廊裡看兩眼。

這麼一看，就不小心看到有學生躲在教室後面頭湊著頭說悄悄話。青澀的少男少女，雖然只是淺嘗輒止的曖昧，但也能讓旁人感受到那份甜蜜的心悸。

葉涵歌悄悄抬頭去看景辰，他目視著前方，彷彿什麼也沒有看到，但耳朵卻紅了。

兩人從前面的樓梯下了樓，出門到了教學大樓的西側，對面就是連在一起的綜合大樓和圖書館。

本來也是漫無目的的閒逛，兩人直接進了綜合大樓，當初他們假期補課就是在這裡的多媒體教室。幾間大的階梯教室此時都開著門，走到景辰他們班補課的那間教室時，葉涵歌站在前門處，望著空蕩蕩的教室，彷彿又看到了青蔥年代的他和自己。

想起以前的時光，她有點感慨地說：「我記得你好像很喜歡坐前排。」

他看她一眼：「我也記得妳下了課就喜歡在走廊散步。」

葉涵歌沒想到他那時候還會留意到自己，可他哪能想得到，她那時候只是為了溜到他們班教室門口看他一眼。

葉涵歌說：「坐的時間太長，有機會當然要活動活動。」

兩人穿過一段玻璃走廊離開了綜合大樓，進入了圖書館。

他們以前常去的那個閱覽室此時依舊有學生在裡面複習，葉涵歌看了一眼說：「學弟、學妹們可真拚啊，我沒記錯的話，吃晚飯的時間只有一個小時，這一個小時還有人來這看書。」

「妳不也是嗎？」他說。

景辰記得那時候葉涵歌明明才高一，還沒有什麼升學的壓力，活動課時她的同學都去操場上玩了，只有她每天雷打不動地出現在這裡。

「什麼？」葉涵歌一走神就沒聽清楚他剛才的話。

景辰卻沒有回答她，放輕腳步走進了閱覽室。

葉涵歌只好跟上，兩人在高大的書架之間穿梭，陳舊的地板上鋪滿夕陽的餘暉，鼻尖是夾雜著歲月味道的紙墨香氣，靜謐的氛圍中，葉涵歌竟感覺出一點愜意來。

她抬頭去看兩側的書，被頭頂上一本封皮泛黃的書吸引，那是亦舒的《喜寶》，學校閱覽室裡為數不多的小說之一。

她記得那時候才高一，要不是為了他，何至於把大好的時光浪費在這裡，不過這裡有他就又不一樣了。可是也不想真的把一天中最放鬆的時間用來寫題目，所以那時候就找了那本書來看，每天只看幾頁，怕第二天被其他人借走，臨走前還會悄悄把它放在一個不起眼的角落裡。

葉涵歌伸手去拿那本書，勾了幾次沒勾著。很明顯，圖書館在她畢業後把這些對升學沒什麼幫助的書挪到了不太好拿到的架子上。

身後傳來淡淡的沐浴乳香氣，她知道那是獨屬於景辰的味道，伴隨而來的是他略高於她的體溫。不用回頭也能想像得到他離她有多近。

就在剛才，景辰一回頭就看到葉涵歌踮著腳，伸長手臂，想要拿一本書，但總是差那麼一點點。夕陽的餘暉溫柔地勾勒著少女曼妙的輪廓，同時把她的影子拉得又細又長。那畫面很美，可畫中人渾然未覺，她所有的注意力都在那本書上，整個人的狀態簡直可以用「不屈不撓」四個字來形容。而那不屈不撓的腦袋此刻正投影在他的腳面上，讓他不忍挪動半步。

好一會兒，見她還沒有放棄，他才走上前去，走到她身後，輕鬆地幫她拿下那本書。

葉涵歌感覺到肩膀上微微一沉，下一秒整個人被他罩在了身下，那種心悸到令人眩暈的感覺立刻席捲了全身。如果可以，她很想給那一刻的時間按下暫停鍵，然而只有那麼短短一瞬間，他後退一步將剛拿到的書遞給她，連帶著剛才搭過她肩膀的那隻手也不知道什麼時候收了回去。

葉涵歌如夢初醒，道了聲「謝謝」。

景辰也隨意從架子上抽出一本書，朝窗邊的空位置揚了揚下巴：「我們去那邊看一下書，順便等景鈺他們吧。」

「好。」

葉涵歌看著景辰走向後排的位子，不偏不倚，正是她以前常常坐的位子。

葉涵歌不由得愣在原地，這是巧合嗎？

好半天，她才回過神來走過去坐下。

可是坐下後，她的心情還是久久不能平靜。

忍了好久，她小聲問他：「你怎麼想到要坐這？」

因為周圍還有高三的學生在複習，葉涵歌的聲音壓得很低，但她覺得景辰應該能聽到。

可對方微微皺了皺眉，然後靠近她一些，似乎是沒聽清楚。

葉涵歌怕影響別人，只好湊近他，重複了一遍：「我說，前面還有那麼多空位，你怎麼偏偏選了這？」

這次他聽清楚了，朝前面看了一眼，然後回頭看她……

兩人離得很近，剛才只是把耳朵湊近，此時轉過臉面對著她，這距離就有點危險了。

葉涵歌連忙轉過臉，假裝也看向前排。

然後就聽耳邊響起某人略顯低啞的聲音：「沒什麼，前面坐久了，偶爾也想看看後面的風景。」

她只覺得這話裡有話，但想了又想，也沒想出個所以然來。

不過這還是頭一次，兩人並排坐在圖書館裡看書，中間再沒留空位。

一直等到太陽落山，葉涵歌的書都看一半了，還沒等到景鈺的訊息。

圖書館裡早就沒人了，管理員開始打掃衛生，準備關門。

兩人只好從圖書館裡出來。

夏日的夜有著別樣的愜意，景辰和葉涵歌不由自主放慢了腳步，沿著操場上的跑道慢慢走著。

葉涵歌提議：「要不要打個電話問問他們是什麼情況？」

景辰掃了她一眼，沒有回話，不過片刻後還是依言掏出手機打給了曹文博。

與此同時，葉涵歌的手機也震動了起來，是景鈺的訊息。

『涵歌，妳和我弟還在學校嗎？』

『嗯，你們呢？什麼時候走？』

『呃……忘了跟妳說，我們早就走了。別生氣啊，改天請妳吃大餐。』

葉涵歌偷偷瞥了一眼在他旁邊打電話的景辰，說實話，她不但一點不高興都沒有，還要感謝景鈺給了她這個機會，讓自己在畢業多年後再次回到母校，把以前沒做成的事情全部都做了一遍。

葉涵歌問：『你和曹師兄和好了？』

景鈺回：『嘿嘿！』

葉涵歌莞爾：『那就好，那我們現在是等你們回來，還是先回家？』

『妳和我弟不用管我們了，難得出來一趟，妳讓他陪妳多逛逛，逛夠了再回去。』

她又不像曹文博，是客人，去哪還要地陪。不過她猜想景鈺現在正在興頭上，話說得很隨意，也就沒在意，只回了個『好』。

景鈺很快又回了一則：『對了，我晚上可能不回去了……』

葉涵歌一時間沒明白，緊接著又收到訊息：『要是我媽問起來，就說去妳家了，幫我圓一下。』

這一次葉涵歌什麼都明白了，臉上立刻開始發熱。她偷偷抬眼去看景辰，他還沒打完電話，不知道在和曹文博聊什麼，但那一瞬間他看著她。

葉涵歌迅速低下頭回了個『好』，正好景辰也結束了通話。

兩人間的氣氛頓時有點微妙，半晌後還是景辰先開口：「我送妳回去吧。」

現在時間還不算晚，又是盛夏，馬路上人來人往的，根本沒什麼不安全的。

所以景辰這麼提出來時，葉涵歌就很識相地認為這只是客套話，於是也客氣地拒絕說：

「這裡離我家很近，又不晚，不用送了。」

景辰卻好像沒聽見，出了校門直接往她家的方向走去：「我記得是這個方向，沒錯吧？」

葉涵歌只好跟上：「對。」

夜風拂面，難得地有一絲涼意，兩人並排走著，就如多年前那個冬夜裡一樣。那是她的少女時代真正的開始，誰也想不到，時隔六年之後，她對他的這份感情已經從一粒種子變成了一棵參天大樹，充斥著她的整個心房。而且如無意外，這份感情或許還會持續下一個六年、再六年，哪怕他無法回應她，哪怕他們終將分道揚鑣，誰也無法抹去這段感情曾長久存在過的事實。

然而如果可以的話，她還是想要再努力一點，離他更近一點。

想到這裡，她又開始煩惱，放假前導師找過她，說她的成績留在本校應該不成問題，但是能不能跟著林老師還不能確定。畢竟像林老師這樣名聲在外的業界大牛，肯定有不少這個專業的學生在盯著，而林老師一年的碩士研究生名額只有那麼幾個。

想到這裡，她問景辰：「今年打算報考林老師旗下的學生肯定很多吧？」

景辰說：「每年都不少，不過他更喜歡本校的學生。妳想要報他的研究生，提前跟他溝通過了嗎？」

「放假前去找過他一次，不過當時各科的成績都還沒出來，我的情況不確定，林老師也沒給我什麼准信。」

景辰點點頭：「那就等等看吧。」

很快就到了葉涵歌家樓下，葉涵歌和景辰道了別轉身上樓，走出幾步又想起景鈺的事情，停下腳步回過頭來。

景辰果然還是一動不動，佇立在夜色中看著她的方向。

見她回頭，他走上前：「怎麼了？」

葉涵歌猶猶豫豫地問：「你回景鈺家嗎？」

景辰看著她「嗯」了一聲。

葉涵歌有點尷尬：「景鈺說她晚上不回去了，你知道吧？」

「嗯。」

「不過她說她今晚可能會來我家，如果阿姨問起來……」

「我懂。」

她話沒說完就被他打斷。可是他說他懂，他懂什麼？是不是男生對這些事都很懂？

葉涵歌也說不上來自己為什麼有點不高興，語氣敷衍地說：「也是。」

那一瞬間，她真希望景辰能看出她不高興，可他只是笑了一下，然後催促她說：「上去吧。」

葉涵歌的身影很快消失在社區大門後，景辰依舊沒有動，直到不久之後，樓上某一扇窗戶亮起了燈，他才轉身離開。

邊走邊拿出手機，看了眼時間，九點半，還不算太晚。他找到一個號碼，猶豫了一下，還是撥了出去。

片刻後，電話被接通，景辰說：「這麼晚了，沒打擾您吧？」

葉涵歌失望地回了家，悶悶不樂地洗澡吹頭髮。

時間已近深夜，她躺在床上卻輾轉反側睡不著覺，而就在這時，一聲突兀的訊息提示音打破了一室的靜謐。

訊息來自景辰，還是一段兩秒的語音訊息。

她的心跳開始加速，雖然明知此時別人聽不見，但保險起見，還是戴上了耳機才點開播放。

『睡了嗎？』

耳機裡背景音很乾淨，更凸顯出他低沉暗啞的聲線，在靜謐的夜色中，就像有人在她耳邊低聲詢問。

葉涵歌有點猶豫不決，應該回文字還是也回一則語音？

想來想去，謹慎起見，她還是回了文字：『還沒。』怕就此把天聊死了，又連忙補充，『有事嗎？』

可這三個字傳送出去後，她就恨不得揍自己一頓，這種時候這麼公事公辦的語氣是怎麼回事？

所幸景辰沒被她這口吻嚇跑，但也開始以文字形式回覆她：『沒什麼，就是告訴妳一下，我已經到家了。』

葉涵歌看了眼螢幕左上角顯示的時間，距離他們分開已經一個多小時了，她和景鈺家相距不過幾公里，他就算匍匐回去也用不了這麼久。

『剛到？』

『早到了，洗了個澡，剛上床。』

看到這則回覆，她可以想像得到他躺在床上和她聊天的樣子，大半夜的，這就是傳說中的「曖昧」吧？她將手機捂在胸口，激動得滿床打滾。

還沒想好怎麼回他，手機又震動了兩下，她連忙點開看，才發現自己無意間竟然發出好多亂碼，對方回了個問號。

葉涵歌連忙解釋：『不小心按錯了。』

景辰對著手機螢幕露出點柔和的笑意來，接著說：『我爸媽明天回來，我要回去住幾天。曹文博那妳不用管了，不過景鈺大概還要再在妳家裡「住」幾天。』

葉涵歌有點失望，但想到這是對方第一次主動跟她報備行蹤，或許可以說明他們的關係比一般的朋友要親近一些，那點失望也就瞬間被抵消了。

她學著他的口吻回了個：『我懂。』

沒想到他卻回了個摸狗頭的貼圖，動圖上還配了個「乖」字。

她頓時有點手足無措起來，這還是她認識的那個冷冷淡淡的景辰嗎？

不知道該怎麼回，對方已經結束了話題：『早點睡吧，晚安。』

葉涵歌長長呼出一口氣，回了個：『晚安。』

然而在這之後，她又忍不住把兩人的幾則對話反覆看了又看，那則他語音傳來的『睡了嗎』也聽了又聽，直到精疲力竭才抱著手機沉沉睡去。

有些事情一旦開了頭，就會漸漸變成一種習慣。

這天之後直到暑假結束，她都沒再見到景辰，不過每天晚上他都會固定傳訊息給她，以至於到了那個時間，她洗漱好就躺在床上等著他的訊息。

曹文博在南城逗留了幾天，景鈺就在葉涵歌家裡「住」了幾天，到後來葉涵歌都開始擔心景鈺媽媽來查崗了，曹文博才終於回了金寧，景辰是和他一起離開的。

不過曹文博離開後，景鈺也沒來找葉涵歌玩，突然墜入愛河的某人，就在短短的幾天內做出了一個讓人意想不到的決定——她要考研究所。

此時已經是八月底了，研究生考試是每年的十二月，現在才決定要考，會不會有點晚？不過難得閨密有了新的人生方向，她也沒打擊她：「不錯啊，曹師兄這一趟沒白來！不過我真好奇，他是怎麼馴服妳這匹野馬的？」

『妳這比喻不恰當，向來都是姐姐我馴服別人，什麼時候輪到別人馴服我了？』

兩人你來我往說了點女孩子之間的私房話，最後掛電話前，景鈺問葉涵歌：『對了，那天我們走後，妳和我弟都做了什麼？』

葉涵歌支支吾吾：「能做什麼？在圖書館裡看了一下書，妳說不回學校了，我們就回家了。」

景鈺似乎有點失望，片刻後又興致勃勃地說：『等一下我傳一張照片給妳。』

「什麼照片？」葉涵歌狐疑。

『妳看到就知道了，絕對算我攝影作品中的巔峰之作。』

掛上電話沒多久，葉涵歌收到了一張景鈺傳來的照片，打開的一剎那，心就不受控制地狂跳起來。

照片的背景是人來人往的都市街道，主角是一對年輕男女，女生背對著鏡頭，沒有露臉，只展現出一個穿著明黃色連衣裙的背影，身形略顯單薄卻也嬌俏可愛。她身邊的男生個子很高，肩背挺闊，襯托得身邊的女生更加小鳥依人。他微微側頭垂著眼看著女生，側顏輪廓俊朗，看著女孩的表情溫柔又滿是關切。兩人並排站在街道邊，男生修長有力的手正緊緊攥著女孩纖細的手腕。

如果不知道故事背景，任誰看到這張照片都會毫不懷疑地認為這是一對情侶，但葉涵歌清楚，這大概是她差點被電動機車撞到的時候，景辰情急之下拉住她的瞬間。

不過景鈺這傢伙當時在幹什麼？她不是在接電話嗎？怎麼還有閒工夫偷拍她？

半天沒見到葉涵歌回覆，景鈺試探著說：『以前沒發現，妳和我弟還挺登對的。』

『這就是妳的巔峰之作？把我拍得像個小矮人一樣！』

『這能怪我嗎？是我弟太高，把妳襯托得矮了。再說這可是抓拍，妳還指望我在那種時候記得蹲在後面把妳拍得高一點？』

訊息傳出去，景鈺才發現話題好像跑偏了，連忙又補充了一條：『我說，這是重點嗎？說實話，在過去的這些年裡，妳難道就沒有哪一刻，覺得我弟挺帥的嗎？』

心事被戳穿，葉涵歌吃了一驚，有點不確定景鈺這話是純屬突發奇想，還是發現了什麼蛛絲馬跡來試探她的。

葉涵歌儘量讓自己表現得自然一點：『他一直都很帥啊。』

『妳怎麼就不明白呢……』

葉涵歌連忙岔開話題：『我聽說好多準備考研究所的同學都報了暑期班，我們要不要早點回學校？』

片刻後，景鈺說：『我正想跟妳說這件事，曹文博說他要盯著我複習，我就打算下星期提前返校，妳要跟我一起回去嗎？』

『妳突然這麼上進，也不知道是曹師兄賺到了還是妳賺到了。』葉涵歌說。

至於要不要提前返校，葉涵歌猶豫了一下，暑假時間這麼長，她卻只見了景辰一面，說不想他是假的，所以也沒想太久，回說：『我也要回去準備面試，那就一起走吧。』

幾天後，葉涵歌和景鈺回到了金寧。

景鈺開始天天混跡於圖書館，去哪裡做什麼都有曹文博陪著，葉涵歌難得地落了單，不過保送研究所的面試就安排在正式開學後的第一週，她也沒閒著。

讓她意外的是，她接到了林老師約見的電話。

比起其他同屆的同學，葉涵歌因為專案的關係，而跟林老師更熟悉一點，但這還是林老師第一次主動找她，說的當然是保送研究所的事，比起暑假前那次模棱兩可的談話，這一次林老師的態度就明顯多了。

「妳大學三年的成績排名出來了，不知道妳看到了沒。」

葉涵歌也是回到學校後剛看到的，排在年級十幾名的位置上，算不上很靠前，或許也不如林老師的歷屆保送生的成績。

她點點頭，摸不清他老人家的想法。

林老師說：「保送本校應該沒什麼問題了，妳有心儀的研究生導師人選嗎？」

葉涵歌露出個得體的笑容：「我對您的研究方向一直很感興趣，可重構天線這個專案，我也從您和師兄那學到很多，如果可以的話，我希望研究生階段還是繼續跟著您。」

林濤點點頭：「打算報考我這裡的人其實還挺多的，不過既然我們都是老熟人了，又……」

他突然停了下來，沒有繼續說下去。

葉涵歌不明所以地等著老師的下文，林老師卻跳過了剛才要說的話，繼續說：「既然都是老熟人了，妳又想做我的學生，我覺得妳的條件雖然不算最好，但也不是不可以。那我們就暫時這麼說定了，妳要是之後有別的想法，再及時跟我說。」

葉涵歌不敢相信，這麼容易就說定了。林濤作為業界大牛，想報名他的研究生的人何止是挺多，只要是選擇微波方向的，除非成績無望，不然誰不想跟著更有名氣的導師呢？不說在以後的求學生涯中是不是能比在其他老師那裡學到更多，單說畢業以後，林濤的學生這個名號就讓人不愁沒有好的工作。

葉涵歌再三道謝，感謝林老師給她這個機會，林老師卻表現得很公事公辦，一副不願意多說的樣子。不過在葉涵歌臨走前，他問了個讓葉涵歌摸不著頭緒的問題：「妳和景辰是因為可重構天線那個專案認識的嗎？」

雖然不明白林老師為什麼突然問這個，但她還是如實說：「不是，我們以前是同一個高中的，所以之前就認識，不過高中時不太熟。」

「那你們現在是什麼關係？」

葉涵歌愣了愣才說：「他是學長，不過現在比較熟悉了，也算朋友吧。」

林濤若有所思地點點頭，然後笑著說：「當我的學生，只要學術態度端正就行，其他的也沒什麼禁忌。」

林老師這接二連三的幾句話讓葉涵歌徹底傻了……學術態度端正、沒有其他禁忌……所以他是在暗示什麼嗎？

林老師沒給她時間多想，擺擺手說：「回去好好準備面試吧，雖然我們現在說好了，但萬一妳面試的成績太差的話也說不過去，畢竟那麼多人看著呢。」

葉涵歌連忙應是，和林老師道別後離開了他的辦公室。

雖然最後幾句話讓她有點摸不著頭緒，但至少跟著林老師繼續讀研的事情已經確定了下來，懸了一年的心終於落回了肚子裡。

從林老師辦公室裡出來，路過研究生辦公室時，她朝裡面望了一眼，景辰的位子上是空的，心裡不免有點失落，然而就在這時候，卻聽到身後突然響起一個聲音：「找我？」

葉涵歌嚇了一跳，反射性地轉身去看，景辰正看著她，目光柔和，而且因為她的匆忙轉身，兩人就那麼面對面地幾乎貼在一起。

她連忙後退一步說：「剛才林老師找我，出來時就想看看你和曹師兄在不在。」

「哦。」景辰沒什麼表情，「曹文博陪景鈺去圖書館了。」說完他瞥了眼葉涵歌，「林老師找妳什麼事？」

說到這個，葉涵歌心情大好：「問我有沒有心儀的導師，我就說是他。本來以為以我的成績和能力，他肯定還要再考慮一下的，而且放假前那次談話中我能感覺出他的態度，好像不是那麼想要我。不過這一次，林老師很痛快地就說願意收下我這個學生了。」

景辰點點頭，對這個轉折並不意外。

「提前恭喜妳了。」

葉涵歌很謹慎地說：「不過還有一次面試，如果面試時表現太差的話也不行。」

「那妳要好好準備了。」

兩人又隨意聊了幾句，葉涵歌才離開。

景辰看著她離開的背影，想著自己的人生規劃又一次被這傢伙打亂，倒是沒有懊惱，反而有種認命般的踏實感。或許在多年前的那個冬夜裡，就已經註定，他這一生都要被這個女孩牢牢掌控著，哪怕她自己還不知道，還那麼無辜。

葉涵歌回到宿舍，見景鈺已經回來了。

詢問原因才知道，是景鈺的生理期突然造訪，回來處理一下。

葉涵歌把和林老師說好的事情告訴閨密，景鈺也很替她高興。

葉涵歌說：「等妳考上研究所，我們繼續做同學和室友。」

「是啊。」景鈺這麼說著，但表現得沒有葉涵歌想像的那麼高興，似乎有心事。

「怎麼了？」葉涵歌問。

「今天跟老曹聊起他以後的規劃，他原本是沒打算讀博士的，但是明年他就研二了，我才大四，就算我考上研究所，等我研一的時候他也該找工作了，我們在學校裡相處的時間最多只剩下一年多，這半年我還要準備考試。」

葉涵歌聽了也替閨密鬱悶起來，畢竟剛在一起的小情侶，誰不希望能朝夕相處呢。而且畢業就意味著變數，兩人不在同一個環境，面臨的壓力不同，很有可能引發別的矛盾。

葉涵歌試探著問：「曹師兄沒打算直升博士嗎？」

景鈺嘆氣：「他的家境普通，原本是想早點畢業工作，貼補一下父母的。不過現在為了我，前兩天他老闆問他以後的規劃的時候，他猶豫了……妳也知道我這人，我們剛在一起，我想跟他多待在一起，但又怕他為我做太多，最後反而被我辜負……」

葉涵歌說：「這事還是讓他自己決定吧。」

景鈺點點頭：「我也是這麼說的……對了，我今天聽老曹說，景辰竟然已經決定要直升博士了。我可是聽說他從國外回來的時候，林老師就想讓他讀完博士再畢業，但當時他的態度挺堅決的，林老師威逼利誘了半天，他還是不為所動，最後還是林老師妥協了。怎麼現在又變卦了？」

「景師兄要直升博士？」這倒是讓葉涵歌有點意外。

景鈺正要回答，回頭看到她又想到了什麼，了然地笑笑：「也不奇怪，計畫趕不上變化嘛。」

葉涵歌沉浸在今天接二連三的好消息帶來的喜悅之中，全然沒注意到景鈺前後矛盾的話，怎麼一瞬間的工夫，她就理解了景辰的選擇呢？

新學期伊始，大家都有了自己的新目標。葉涵歌的研究生面試非常順利。十月份的時候，院裡公布了保送學生的名單以及對應的學校和導師，不出所料，她正式成了林老師的第二名女弟子，同時也成了景辰名正言順的小師妹。

她被安排在了景辰所在的那間研究生辦公室裡，因為資歷最淺，坐在最靠門的位子上，離郭婷不遠，其實離景辰也不算遠，畢竟是在同一個房間內。

搬東西進辦公室的時候，她又想起了一年前的這時候，她跟著曹文博來實驗室裡找那位能帶她做專案的學長，結果與她朝思暮想了多年的他不期而遇。

原以為和他的緣分在他的電話號碼長久停機的那一年就已經戛然而止，沒想到老天爺如此眷顧她，當她正在人生的分叉路口徘徊時，他再度出現，幫自己做好了選擇，也重新讓他們之間有了羈絆。雖然不知道兩人的關係會朝哪個方向發展，但她無比慶幸這麼多年自己對感情的隱忍克制，使得無論將來面臨任何局面，她都不用狼狽退場。那麼在那之前，她還有時間和機會停留在心儀的男孩子身後。

這就足夠了。

週二照舊是專案組的例會，大家說完手頭上的工作進展時，還不到晚飯時間，林老師評論了一下剛剛結束的幾個專案。據說幾個案子均得到合作方的高度認可，其中就有景辰牽頭的那個可重構天線的專案，目前已經在和甲方談課題的二期研究了。

專案組的另一位剛留校任教的年輕老師打趣道：「老闆賺了錢，是不是該請客了？」

這位老師以前也是林老師的學生，在這學期之前是師兄弟中資歷最老的一位，所以至今大家還是習慣稱呼他為「大師兄」。

大師兄這麼一提議，林老師也不含糊，看了一眼時間後說：「難得人這麼齊全，那就今晚吧，大家沒事的話一起吃個飯，你們大師兄負責找地方。」

大師兄得令立刻拿出手機行動起來，其他年紀小一些的師兄弟聽說晚上有活動，自然也都很高興。

大師兄動作很快，短短十幾分鐘就給出了幾個地點供老闆決策，老闆在這種事上很大方，不用徵求底下人的意見，直接拍板定了最貴的那家，末了還說：「我記得那家店旁邊有個KTV，你們年輕人有精力的，吃完飯還可以去唱唱歌。」

眾人歡呼，這天的會議比平時稍早一些結束了。

實驗室的氣氛和林老師本人一樣一向是嚴謹刻板的，到了這一刻，葉涵歌才瞭解到大家都有另一面。說實話，她很喜歡，也為自己已經是這其中的一員感到慶幸，更何況這些人中還有景辰。

她抬頭看向景辰，他正側著頭和旁邊的博士師兄聊著什麼，神態難得地輕鬆。

從吃飯的地方到學校東門大概要走半小時，不過距離葉涵歌的宿舍倒是近了不少。會議結束得早，葉涵歌順路跑回宿舍重新洗了臉化了個淡妝，怕讓人覺得太刻意，所以沒有換衣服，而是把年初景鈺送她的香水拿出來稍稍擦了點在手腕和耳後，這才清清爽爽地出了門。

等她趕到餐館包廂時，大部分師兄弟和專案組的幾位老師都已經到了。林老師的學生加起來就有二十幾個人，再加上幾位老師，竟然坐滿了三桌。

這其中，只有葉涵歌和郭婷兩個女學生。大家自然而然地覺得兩個師妹關係應該更親近些，就讓兩個師妹坐在一起。

葉涵歌剛坐下，一抬頭正對上景辰的視線。

林老師坐在中間一桌的主位上，左右手是另外兩位老師，那兩位老師旁邊就是博士師兄和景辰。葉涵歌所坐的位子正好和景辰隔桌相對，一抬頭就能看到他。

景辰的目光在她臉上稍稍停留了片刻，直到身邊的大師兄跟他說了什麼，才又淡定地移開視線。

起初吃飯時的氣氛挺輕鬆的，但是也僅限於輕鬆，大部分的人在老闆面前還是不敢完全放開，直到大師兄提議向老闆敬酒，幾個活躍的師兄接二連三地回應，包廂裡的氣氛才澈底活絡了起來。平時不怎麼說話的人都在找機會和其他人攀談熟悉，葉涵歌和郭婷作為專案組裡的稀有物種，平時跟師兄們最生疏，此時也成了師兄們重點拉攏親近的對象。

不一會兒，之前還圍著老闆敬酒的人就改為給小師妹敬酒了。

其實這種場合，她們作為女生不喝酒也沒人會說什麼，但不知道郭婷是真的好說話還是不懂，有師兄來敬酒的時候，她面上沒表現得多麼熱絡，喝酒卻並不含糊。有第一遭就有第二回，郭師姐既然已經先示範了，葉涵歌也就不能太忸怩，雖然不會像她那樣和人乾杯，但每次也會喝上一點，沒多久就覺得腦子有點昏昏沉沉的。

景辰升上了研二，儼然已經是團隊裡的主心骨了，林老師顯然很器重這個學生，其他師兄弟也多有需要仰仗他的時候。平時他的人緣就不錯，這時候大家都喝了點酒，傾訴欲強了，找他喝酒聊天的人就更多了。但是葉涵歌總能隔著人群捕捉到他的視線。

一開始兩人視線相觸時她還會下意識地避開，後來酒壯人膽，她無所謂地想，不就是偷看他被發現嗎？他不看她怎麼知道她在看他？

「妳和博士師兄很熟嗎？」

葉涵歌被耳邊突然傳來的聲音嚇了一跳，連忙收回視線回頭問郭婷：「哪個博士師兄？」

「景師兄旁邊那個，李師兄。」

「不太熟。」她不知道郭婷怎麼突然問起李師兄，「他怎麼了？」

郭師姐面無表情地說：「沒什麼，就是他好像看上妳了。」

葉涵歌正在喝湯，差點嗆到自己。

她狼狽地抽出紙巾擦了擦嘴，不可置信地看向郭婷。

女神斜睨她一眼：「妳不知道？所以妳剛才不是在看他？」

葉涵歌乾笑兩聲：「我都不記得我和李師兄說過話。」

郭師姐有點意外：「我看這學期他總幫妳打掃座位、倒垃圾，還以為妳們很熟了。」

葉涵歌皺眉想起這學期除了搬進辦公室那次自己打掃了一下，後來確實沒有再打掃過，甚至個人垃圾桶的垃圾她也沒自己倒過。

「不是清潔阿姨打掃的嗎？」她問。

郭婷拿起杯子慢慢喝了一口茶：「妳想多了。」

葉涵歌不敢置信地看向那位姓李的博士師兄，說實話，在今天以前，她真的沒有注意過這個人，果然就見他似乎也在看她，在她看過去的時候才倉皇移開視線。

葉涵歌低頭想了一會兒，還是覺得不太可能，或許那位師兄只是人比較勤快。再說郭婷也不怎麼在實驗室待著，偶爾看到誤會了也有可能。

在林老師第二次抬手看錶的時候，大師兄很善解人意地提議結束聚餐。

他安排著：「我在隔壁KTV訂了個大包廂，明天沒事的人可以接著去唱歌。」

眾人紛紛回應，當然以林老師為首的幾位專案組老師都以明天還有課為理由，推了後面的活動。後來就連大師兄也只是在包廂出現了一下，安頓好眾人就提前離開了。

老闆們不在了，一群學生中資歷最老的大概就剩下幾位博士師兄。

包廂很大，沙發前擺放著兩張寬大的茶几，眾人圍著兩張茶几，唱歌的唱歌，喝酒的喝酒，玩骰子的玩骰子。不過因為距離遠，基本上是兩邊各玩各的，偶爾才會有點互動。

不巧的是，葉涵歌和那位李師兄隔得不遠，被分在了同一桌，而景辰進來得比較晚，只能坐在靠門的另一桌邊上。

或許是因為郭婷剛才的話，葉涵歌稍微留意了一下那位李師兄。酒精讓一向沉默寡言的他今晚特別活躍，拉著一群師弟、師妹們喝酒。

葉涵歌剛才從餐館出來時就已經有點醉了，此刻被灌了幾杯後頭腦更加昏沉。這時候李師兄又提議：「葉師妹來我們實驗室也很長時間了，現在總算正式定下來是自己人了，師兄們應該表示歡迎，來來來，敬葉師妹一杯！」

這桌人很配合地舉杯，葉涵歌已經喝不下去了，但是又找不到合適的理由拒絕。

就在這時，眼前光線一暗，有個高大的身影站在了他們桌前，擋住了來自大螢幕的光線。

葉涵歌抬頭看去，來人身材挺拔，雙手悠閒地插在褲子口袋裡，對上她的視線時，他面無表情地朝包廂門口揚了揚下巴，然後二話不說地轉身朝門外走去。

周遭人靜默了一瞬，繼而紛紛朝她看來，有人不確定地提醒：「葉師妹，景師兄好像是叫妳出去一下。」

葉涵歌如夢初醒，不好意思地朝眾人笑笑，起身往包廂外走。

門外的景辰沒有走遠，懶懶地靠在走廊牆壁上等她。見她出來，依舊一言不發，轉身朝著走廊另一頭走去。

葉涵歌不知道他要去哪，就那麼默默地跟著。不過她今晚喝得有點多，走直線對她來說有點困難。很快前面的男生像是意識到了，停下腳步，回頭靜靜地看著她。

葉涵歌走到他面前，仰頭看他。走廊裡的燈光遠比包廂裡好，她注意到景辰的臉有點紅，這才想起來，今天晚上他也沒少喝，畢竟作為女孩子還可以被人關照一句「我乾了妳隨意」，但他就是實打實的一杯接一杯了。

「景師兄，什麼事？」

她問話時，旁邊的包廂裡突然傳來一聲不在調上的號叫，讓他不禁皺眉。

他頓了頓說：「聽說今晚會喝酒，景鈺讓我看著妳。」

葉涵歌自動忽略了景鈺的名字，心裡感到有點甜蜜，原來他在那個時候叫她出來是在幫她解圍。

周遭太吵，誰也沒有說話的欲望，直到走出了這家ＫＴＶ。

夜色中，他們兩人臨街而立。

此時已是深夜，偶爾有車子從他們面前的馬路上飛馳而過，但也比在ＫＴＶ裡面要安靜得多。

景辰提議：「走走嗎？」

葉涵歌說：「好。」

兩人沉默了片刻，景辰先開口：「妳好像沒少喝，還走得穩嗎？」

葉涵歌的心怦怦跳著，又想起去年那個平安夜，兩人牽手回他宿舍的情形，心裡升起小小的期待，如果他此時伸出手，她會二話不說地把自己的手搭上去。

雖然有點暈，但智商還勉強醒著，故意把情況說得嚴重了一點：「是沒少喝，頭挺暈的。」

等了片刻，見景辰沒有任何表示，她悄悄抬頭打量他，見他好看的眉頭微微蹙起，不知道在想什麼。她有點失望，不過仔細想想，他今天晚上好像一直不太高興。

可是為什麼呢？大概與她無關吧。

想到這裡，她有點悵然，雖然經歷了暑假的種種曖昧，他們的關係遠比上學期好，可她始終不是那個能牽動景辰的情緒的人。

景辰想著今晚她和其他幾位師兄弟喝酒的樣子，心裡一陣懲悶。

自從上了大學後，景辰就發現，但凡周圍出現個陌生的年輕異性，他的那些同學、室友雖然表面上不顯山不露水，但私下裡就像吃了藥一樣亢奮。他不懂這些人為什麼這樣，但也逐漸習慣了這現象。

以前不覺得這有什麼，直到去年葉涵歌突然出現在他們的實驗室裡，他才發現事情有點棘手。

所以出於私心，他把她安置在了單獨的實驗室裡，讓她沒有機會和辦公室的其他人接觸。

但到了這學期這招明顯行不通，她正式搬到了研究生辦公室。最初可能還會因為和其他人不熟悉而很少打交道，但今天過後她就不再是他一個人的師妹，而是那麼多人的師妹了。

尤其是李師兄，他以為他平時偷偷獻殷勤替她打掃沒人知道，但事實上大家都看得清清楚楚，只是以前礙於他們不熟悉，沒有人開這類玩笑。可是今天之後呢？她恐怕又會多一個不錯的追求者。

想到自己既要防著蔣遠輝，還要防著自己的師兄，景辰長嘆一聲，也不知道這樣的日子什麼時候才能結束。

葉涵歌聽到他嘆氣，心裡更加黯然，什麼事情能困擾到他這樣的人？明顯不會是什麼技術難題，所以能讓他這麼困惑的，又是感情上的事？

是了，今晚郭師姐也在。是郭師姐的出現讓他又想起過往了嗎？虧她還自戀地以為他一直在看自己，可能只是在看她們那邊，結果被她不小心抓包而已。

如果是以往，她或許就會這麼讓自己失望著，什麼都不去問，但是今晚，酒精給了她勇氣，她深吸一口氣，叫他的名字：「景師兄。」

他聞言回頭看她一眼：「嗯？」

她說：「可以問你一個私人問題嗎？」

「妳說。」

「如果是你，要用多久才能走出上一段感情，忘掉之前喜歡的人？」

聽到這個問題，景辰的神色明顯落寞了下來，他的目光在她臉上停留了片刻才移向前方，沉默許久才開口，卻不是回答她的問題。

「我聽景鈺說，妳一直有個喜歡的人。」他說。

葉涵歌的心跳倏地漏掉了一拍：「嗯。」

「他是什麼樣的人，能和我說說嗎？」目視著前方說完這句話，他才轉過頭看她一眼。

停下腳步和他對視，有那麼一瞬間很想這麼不管不顧地告訴他，那人遠在天邊近在眼前，不是別人就是你景辰啊！

可是想到他今晚的落寞，又把告白的衝動硬生生忍下。

她想了一下問：「不如先說說你喜歡的那個人，我看你今晚好像不太高興，和她有關嗎？」

景辰看著她忽然笑了：「是啊，都是她惹的。」

葉涵歌心裡不舒服，錯開目光看向別處。

景辰又說：「不過怎麼換妳來問我了，不是我先問妳的嗎？」

葉涵歌有點賭氣：「不想說就算了，我們都別說。」

「隨便聊聊，緊張什麼？」

葉涵歌深呼吸：「我沒有。」

片刻後，景辰又問：「妳們為什麼沒有在一起？」

葉涵歌覺得喉嚨有點乾澀，半晌才說：「他有喜歡的人。」

身邊傳來一聲幽幽的嘆息，景辰說：「我也是。」葉涵歌起先沒明白這句話的意思，他又補充了一句，「她也有喜歡的人。」

原本還在生他的氣，但此刻聽他這麼說，她的心又驀然疼痛了起來——替他疼，也替自己疼。

景辰說：「我聽景鈺說，他之前失戀了。」

「嗯。」

「妳這表情……不希望他幸福嗎？」

葉涵歌抬頭看著他：「當然希望，如果他喜歡的人也喜歡他，我一定會祝福他們。可惜不是，他很傷心。」

景辰回看她，還是那句話：「我也是，也不是。」

葉涵歌被他說得有點暈：「什麼意思啊？」

「我希望她幸福，但我覺得只有我能給她幸福。」

葉涵歌細細咀嚼著這句話，快要哭了，她真的對那個被他愛著的人嫉妒瘋了。是郭師姐嗎？她突然很希望不是，不然以後的三年裡，大家這麼朝夕相處，她覺得自己會被逼瘋。

她問：「她到底是誰，是我們學院的嗎？」

「嗯。」他說，「妳喜歡的人呢，也是我們學院的？」

「是。」

回答完這一句，葉涵歌偷偷觀察景辰的神色。盼著他能多問一句，但又害怕他打破砂鍋問到底。

然而他只是沉默著，心不在焉地沉默著。

葉涵歌的心情也盪到了谷底。兩人就這麼沉默著，到了葉涵歌的宿舍樓下。

葉涵歌懨懨地跟景辰道了別，正要轉身離開，卻突然被叫住。

景辰看著月色下那張素淡精巧的小臉，面上波瀾不驚，但心裡早已暗潮洶湧。

後來這一路上他都在想，或許今晚就該對她表白，問問她對他是否有一點點喜歡，如果有，他們可以嘗試著在一起。可如果沒有呢？她會願意繼續把他當作朋友、師兄、閨密的堂弟來對待嗎？他想了許久後發現，哪怕她願意，他也不願意，正如他剛才對她說的那樣——他希望她幸福，但他覺得能給她幸福的人只有自己。

想到這裡，他凝視著那雙濕漉漉的眼睛，說：「週四我要和老闆一起去參加一個行業會議，在新加坡，已經訂好了明天的航班。」

這事她之前聽郭師姐提起過，不過那時候還不確定老闆會安排誰去出這趟美差。現在看來，這種事老闆果然還是會帶著自己的得意弟子去。

葉涵歌點點頭，表示知道了，但又不清楚他跟自己說這事的用意是什麼。

景辰頓了片刻說：「等我回來，有話跟妳說。」

葉涵歌的心陡然狂跳起來，他會說什麼呢？預感眼前將有巨大的喜悅，但她不敢撥開雲霧去看個究竟，生怕看到的不是自己所想，最後空歡喜一場。

她勉強壓制住自己的胡思亂想，說了聲「好」。

景辰鬆了口氣，對她說：「快上去吧，早點休息。」

資訊學院和瑞典一所大學一直都有交流合作，當初景辰就是藉著這個合作機會去了瑞典。除了學生之間的交流，教師之間也有相應的合作計畫，比如他們學院每年會派一位教授到瑞典授課三個月，瑞典那邊也會安排老師過來講課。往年來的都是個四十歲的男教授，今年突然換了人，據說是個剛留校任教不久的女老師。

考慮到是第一次見面，林老師安排給自己的兩個女學生一項任務——幫這位女外教挑一樣見面禮。

自從去年聖誕節後，葉涵歌見到郭婷的次數屈指可數。一是郭婷談戀愛後就很少再去實驗室，二是葉涵歌忙著準備期末考試，加之專案結案，沒理由再去實驗室。後來兩人幾次相遇，最多只是在學生餐廳或者校園裡遠遠打個招呼。

然而葉涵歌正式保送後，就和郭婷成了真正的同門師姐妹，以後不僅要在同一個辦公室裡工作，而且作為林老師「唯二」的女弟子，像今天這種事，以後肯定會經常遇到。

理智上雖然明白景辰對郭婷的感情或許已經是過去式了，但讓她和郭婷兩個人單獨相處，還是難免感到彆扭。

早上起來，窗外的雨還沒停，這雨淅淅瀝瀝已經下了幾天，使得金寧市的氣溫跟著驟降。往年此時還熱得像蒸籠一樣，今年這時候卻冷得像秋天。

葉涵歌找了件稍微厚實點的一字領黑色連衣裙換上，在鏡子前看了又看，總覺得胸前空蕩蕩的，好像少了點點綴。

她打開抽屜就看到去年聖誕時景辰送她的項鍊，雖然項鍊包裝簡陋，還有人家公司的標誌，但她還是一直珍而重之地收藏著。原本以為自己不會把它戴出去，就像這些年她對他的感情，小心翼翼地存放著，不為外人道。可是想到等一下要和郭婷一起出去，她也說不清自己內心是什麼想法，就想戴著這條項鍊。

郭婷本身就是個比較冷淡的人，不說別的，葉涵歌和她有段時間沒見面，再見時也一時間找不到話題。

兩人坐上了去新街口的公車。

不是早晚高峰時段，車上人不多，除了喇叭裡的報站聲，就是尷尬的靜默。

葉涵歌正搜腸刮肚地尋找著話題，就聽郭婷突然開口：「妳喜歡看小說嗎？」

葉涵歌長長呼出一口氣，兩人總算不用尷尬地靜坐了，所以此時見郭婷主動開口，她很努力地配合著仔細想了想。

可惜最後一次看小說是兩年以前的事情了。

她頗為認真地問：「《圍城》算不算？」

郭師姐的表情有點一言難盡：「妳都不看網路小說嗎？」

葉涵歌想如實說從沒看過，但是擔心兩人再度陷入尷尬的沉默中，硬著頭皮說：「也看的，就是看得比較少。」

「那妳喜歡什麼類型的？」郭師姐似乎有點高興。

萬年不變的高冷女神臉上終於有了點情緒起伏，葉涵歌有點受寵若驚，然而自己確實沒看過網路小說，也不知道都有些什麼類型，於是很聰明地反問：「我都行，師姐妳喜歡什麼類型？」

這無疑問到了郭師姐的心坎裡，一向少言寡語的郭師姐像是切換成了其他人格，頓時滔滔不絕起來：「最近在某網站連載的那本《豪門代嫁少婦》妳看了嗎？就是我比較喜歡的類型。男主角從小在狼群中長大，所以養成了冷酷、陰狠、暴戾的性格……」

「等等！」葉涵歌打斷她，「不是豪門故事嗎？」

「對，他是全球首富的兒子，因為遭人迫害被人扔進了狼群。家族聯姻讓他娶女主角的姐姐，結果姐姐死了，女主角代嫁，男主角認為女主角搶了姐姐的一切，所以非常恨她……」

「等等！」葉涵歌皺眉，「男主角不是冷酷嗎？和姐姐不是家族聯姻嗎？」

葉涵歌怎麼也沒想到郭師姐的喜好這麼詭異，跟她冷面女神的形象完全不符，不過好在接下來的時間總算不無聊尷尬了。

直到跨進商場的大門，兩人才終止關於那個豪門故事的討論。

葉涵歌徵詢郭師姐的意思：「妳覺得送吉納老師什麼好？」

吉納就是這次來授課的瑞典女老師的名字。

郭婷也不確定：「護膚品、香水，或者小首飾？」

說著，郭婷的目光停留在了葉涵歌的脖子上。葉涵歌起初沒注意，後來才意識到她是在看自己的項鍊。

郭婷說：「妳這項鍊我怎麼覺得有點眼熟？」

經郭師姐這麼一提醒，葉涵歌想到一種可能——上次去創新基地幫忙的人，除了景辰、曹文博，會不會還有郭師姐？如果她也去了，那她很可能也收到了合作公司的禮物，那麼會覺得這項鍊眼熟就不足為奇了。

葉涵歌突然後悔把這條項鍊戴出來，如果郭師姐問她項鍊哪來的，她還真不知道該怎麼說。畢竟她和景辰的關係還不到名正言順戴他送的首飾的地步，說出來也只是曖昧。可是曖昧過後呢？如果不得善終，那曖昧就是一場笑話。

所幸郭師姐沒有打破砂鍋問到底的意思。

兩人又討論回正題，決定先去首飾區逛一逛。

原本還只是隨便逛逛，當走到一個專櫃前時，郭婷突然拉住了葉涵歌。

葉涵歌回頭，郭婷指著展示櫃裡的一款項鍊說：「這不就是妳脖子上的那款嗎？原來是這個牌子的，我說怎麼覺得有點眼熟。」

年輕漂亮的店員小姐也看到了葉涵歌脖子上的項鍊，笑著說：「這是我們去年聖誕節推出的『摯愛』系列的主打款，當時海報上的代言明星戴的就是這一款。」

郭婷喃喃道：「難怪。」

葉涵歌的腦袋卻有點轉不過來，不禁摸了摸躺在自己鎖骨上的項鍊吊墜，想說這不是合作公司送的紀念品嗎？

「妳確定嗎？會不會只是比較像？」她問店員小姐。

店員小姐笑盈盈地說：「不會的，我們家的商品我怎麼可能會認錯？不信您可以拿下來我幫您看下，這是我們的限量款，每條吊墜上面都有一個獨一無二的編號。」

葉涵歌愣了一下，擺擺手說：「不用了。」

這條項鍊她早已仔仔細細看過無數次了，吊墜下方的那串數字她記得，以前還奇怪，怎麼會有這麼一串數字，不像年月日，也看不出有什麼特別的意義。

她很快又想到與這條項鍊的精巧設計很不相稱的包裝盒，難怪那包裝盒那麼粗糙，如今想來，不是包裝盒過於粗糙，而是某人的心思過於細膩了。

可是，真的是她想的那樣嗎？

心中不可抑制地萌生出絲絲縷縷的甜蜜，隨之而來的還有蠢蠢欲動的期待。然而她不敢由著這些情緒肆無忌憚地生長，只因為漫長的等待和沉默的注視，已經將她對他的喜歡雕琢成溫潤柔緩的溪流，成了精神世界的一部分，卻也讓自己習慣了不被回應。

她害怕期待落空後的悵然若失，也害怕自作多情被揭破後的尷尬困窘，然而最怕的還是自己的失控。

純粹的暗戀尚且是一個人的事，一旦對對方有了期待，就彷彿把一段感情的生殺大權交到了對方手中。結果只有兩個極端——對方珍重回應，皆大歡喜；對方視而不見，全身而退，而自己粉身碎骨。

兩人逛了小半天，最後幫吉納老師選了個香水禮盒才返回學校。

剛進校門，葉涵歌就接到了蔣遠輝的電話。

蔣遠輝問她在哪裡。

葉涵歌不知道他找她有什麼事，如實說道：「剛進校門。」

『現在來實驗室嗎？』蔣遠輝問。

「對，找我有事？」

『嗯，我在實驗大樓西側，妳來的時候順便過來一下吧？』

葉涵歌覺得今天的蔣遠輝有點奇怪，不過還是應了聲「好」。

掛上電話，看到郭師姐疑惑的目光，葉涵歌解釋說：「蔣遠輝說他在實驗大樓西側有事找我，讓我去實驗室之前找他一下。」

「實驗大樓西邊不就是一片空草坪嗎？他在那幹什麼？」

葉涵歌搖了搖頭表示不清楚，兩人都不再說話，繞過校園中心禮堂，從西邊的小路往實驗大樓走。遠遠能看到草坪的時候，卻沒看到蔣遠輝。

附近的人不多，偶爾有人從草坪對面經過，不過讓葉涵歌覺得奇怪的是，這些人路過時好像都會似有若無地看向她們這邊。

這情況讓葉涵歌有點不安，回頭再看郭師姐，女神自從進了校園後又變回了那個四平八穩、冷豔孤傲的樣子。

待兩人再走近點，葉涵歌總算明白其他人那種或打量或探究的目光源於什麼了——此時原本空蕩蕩的草坪上竟然被人用玫瑰花擺出了一個愛心的形狀，愛心中間也錯落擺著花，能看出是個「歌」字。

到了此刻，葉涵歌已經意識到即將會發生什麼事情。

她的第一個反應就是想打電話給蔣遠輝，及時阻止他接下來要做的事情。

然而已經來不及了，再抬起頭時，看到草坪對面蔣遠輝捧著一大束鮮花緩緩走向她。

「妳不心動嗎？他很喜歡妳。」

問話的是身邊的郭婷。

葉涵歌回過神來，不知道該怎麼形容自己此刻的心情，但絕對不是心動的感覺。

郭婷卻說：「其實比起景師兄，他或許更適合妳。」

葉涵歌驚訝地看向郭婷，完全沒想到她會在這時候說起景辰。莫非她早就看出自己對景辰的感情，或者對她和景辰的關係有什麼誤會嗎？

然而此時此刻，她沒時間也沒有餘力多想。

郭婷彷彿沒有看到她吃驚地看她的那一眼，繼續道：「我還是喜歡直接簡單一點的人，一眼能看到底，讓人心裡也有底。」

所以，是誰不直接不簡單？郭婷意有所指。

不過葉涵歌無法完全贊同她的話，因為她自己就是一個對待感情很內斂含蓄的人，疾風驟雨固然痛快直白，但她就是喜歡潤物細無聲的水到渠成。感情不是只談在一起的那一刻，小心翼翼不斷靠近的過程或是平平淡淡相濡以沫的日常，同樣令人難忘。

當然說到底，也可能只是她不喜歡對面的那個人而已，即便他在別人眼中千好萬好，在她心裡也只能是朋友。那種讓她想要不自覺地靠近、試探、陪伴的人，多年前出現了，多年後也一直沒有改變過。

原本空蕩蕩的樓宇之間，好像突然多出了很多人。葉涵歌抬頭看，周圍幾棟大樓的窗戶上擠滿了黑壓壓的腦袋，很顯然他們早就看到了樓下的「大動作」，都在等一場浪漫的好戲上演。

而蔣遠輝就是在這些人的注視甚至是哄鬧聲中，走到了她的面前。

「涵歌，從大一第一次見到妳時，我就非常喜歡妳。我以為這麼輕而易舉的喜歡不會持續太久，但是我發現每跟妳接觸一次，就會比上一次更加喜歡妳。可是我一直搞不清楚妳對我的感受，覺得也許是慢熱，也可能根本不喜歡我。我也為此沮喪過，想要放棄，但是妳是我第一個喜歡了這麼久的人，不試一試，我怕以後會後悔。」他的聲音很低啞，不像往日那樣充滿了朝氣和自信。

葉涵歌靜靜地聽著，這是認識以來，他第一次這麼鄭重其事地跟她說這麼多話。

蔣遠輝繼續說：「我想了很久，在一起的兩個人的感情本來就不可能都是平等的，總有人更喜歡對方多一點，為了妳，我願意做那個人。所以，如果妳對我，哪怕只有一點點的喜歡，可不可以給我一次機會，嘗試一下？或許我們在一起會很快樂。」

葉涵歌垂頭看著他手裡的那捧花，心裡很難過——如果她此刻轉身走開，那就是當著樓上樓下這麼多人的面，把面前男生的一顆真心踩入塵埃中；可是如果她接下這捧花，那又違背了她的內心，還會將景辰置於一個尷尬的境地。

所以她不明白郭師姐為什麼會喜歡這樣的簡單直接，不給所有人留後路。

她說：「我們找個地方說話吧？」

她把手裡的禮物遞給郭婷：「師姐你先上去，我晚點再來。」說完又對蔣遠輝說，「我們去東門那家甜品店吧。」

見蔣遠輝頷首，她才轉身往東門的方向走，可是自始至終都沒有去接那捧花。

樓上有人叫好，大概是看到兩人一起離開，以為蔣遠輝告白成功了。但也有人遲疑：「怎麼覺得氣氛不太對勁？」

有熟悉的人問剛才離當事人最近的郭婷：「葉師妹這是答應蔣師弟了？」

郭婷沒有回答那人，回頭看了眼草坪上被擺放成形的玫瑰問：「這樣沒人管嗎？」

那人只是聳聳肩，表示並不關心，又去找別人打聽消息了。

郭婷幽幽嘆了口氣，雖然她當初為了順利完成畢業專題，主動提出幫助景辰追求葉涵歌，但是打心底來說，她並不喜歡景辰那種遮遮掩掩的追求方式，總覺得不如蔣遠輝有勇氣。所以和景辰的「合作關係」結束後，她也沒打算告訴葉涵歌景辰早就喜歡她的事情。她不看好這種感情，畢竟有多少感情都是這樣，沒去捅破那層窗戶紙，一個人自己堅持著，到最後都忘了自己在堅持什麼，漸漸地，那份感情也就淡了。

本以為這就是景辰最後的結局，不過眼下來看，這一局卻是打直球的那一方完敗。

葉涵歌和蔣遠輝在甜品店坐了沒多久，兩人就把該說的話都說完了。蔣遠輝沒有太大的反應，似乎早有預料。

葉涵歌稍稍鬆了口氣。

兩人從店裡出來，葉涵歌照舊回實驗室，蔣遠輝則回了宿舍。

然而在葉涵歌回研究生辦公室的路上，遇到的無論是熟悉還是不熟悉的人，看她的眼神和表情都有點說不清楚的曖昧。

葉涵歌心情有些煩躁，回到辦公室後，習慣性地看向窗戶前的座位，依舊空蕩蕩的。她不由得慶幸，還好他在出差，不然讓她煩躁的事情可能更多。而等他出差回來後，這事或許已經平息了。

然而事實證明，她低估了所有人的八卦熱情。這事過去沒多久後，學校論壇上竟然出現了關於這事的文章，而且迅速被頂上了「十大校園新聞」，連帶著她和蔣遠輝的照片都被大家傳了上去。

再看留言，幾乎是一面倒的「般配」、「祝福」之類的話語，似乎並沒有人關心事情真正的結果是什麼，好像面對「又高又帥又癡情」的蔣遠輝的「浪漫攻勢」，她不接受才是不正常。

葉涵歌正頭痛不已的時候接到了景鈺的電話，生怕景鈺也誤以為她真的答應了蔣遠輝，連忙解釋了當時的情況。景鈺聽完還安慰她半天，讓她不用擔心蔣遠輝。

有人理解她，心情好了點，可是再對上實驗室裡有些人曖昧的眼神，又莫名煩躁起來。她不想再待在實驗室裡給人指指點點，於是問景鈺：「想不想去逛街？」

這種事情，以往的景鈺從來沒有拒絕過，但這一次，她猶豫了半天還是說：『算了吧，等我考完再一起去逛個夠，這段時間曹文博盯我盯得可緊了。』

自從景鈺決定考研究所後，曹師兄只要有空就會拉著景鈺去圖書館裡自習，葉涵歌一天也見不到她幾次。不過想到景鈺如果能考上研究生，她們兩人還可以繼續這麼廝混三年，她也跟著鞭策說：「那妳還是好好複習吧，別辜負了曹師兄的一片苦心。」

葉涵歌的畢業專題至今還沒有開題，所以即便在實驗室，她也沒什麼實質性的工作要做。這大概是她上大學以來最為輕鬆的一年，忙慣了的人突然閒下來就會不知所措。所以當以前學生會時期的同伴發來活動邀約時，她乾脆地同意了，事後一看，又悔不當初。

活動偏偏是爬山，上次在黃山時自己那體力，她還記憶猶新。

所幸這次爬的就是市裡的紫英山，主峰海拔不過五百公尺。她大一入學時，老師安排的活動就是爬紫英山，以她的體力，上去下來最慢也只要兩個小時。

又確認了一下活動日期，很好，是景辰回來的前一天。

這一次的登山活動，學生會那位策劃者邀請了不少人，讓葉涵歌很意外的是，郭婷和她男朋友也來了。

這還是葉涵歌第一次這麼近距離地正面看到郭師姐的男朋友，長得不能說不好看，但遠沒有到能匹配女神的地步，而且看起來就不是那種長袖善舞很會說話的類型，放在追求郭師姐的男生當中一點都不起眼，更沒辦法跟景辰比——不管是不是「情人眼裡出潘安」吧，反正她就是這麼想的。

但葉涵歌也理解郭師姐，感情這東西，如人飲水，冷暖自知。

一開始的時候，葉涵歌的體力還跟得上，一直和郭師姐並排往山上爬。她那男朋友就跟在她們身後，幫她拎著包，偶爾遞一下水，話很少，沒什麼存在感。

郭師姐問：「妳看論壇了吧？」

想到這事，葉涵歌就發愁，也不知道遠在新加坡的景辰知道了沒，但就算不知道，想必也隱瞞不了多久。回到實驗室後，就算他自己不上論壇，或許也會有人無意間提起這八卦，何況他們之間還有景鈺這個八卦之王。

葉涵歌心情不佳地「嗯」了一聲。

郭師姐看她一眼，然後說：「所以那天妳還是拒絕蔣遠輝了？」

葉涵歌沒有掩飾，因為難得有人還算理智，能撥開濃霧看到真相。

「他挺好的，但我不喜歡。」她坦白說。

郭師姐沉默了片刻，接下來說出的話嚇了葉涵歌一跳：「所以妳還是喜歡景師兄囉。」

心事被這麼輕巧地道破，葉涵歌除了吃驚之外，還有礙於郭師姐和景辰的「關係」而一股腦湧上的尷尬和愧疚。

「不是妳想的那樣……」

她語無倫次，也不知道自己想表達什麼，擔心郭師姐早就洞悉了一切，對她和景辰有誤會，那她的罪過可太大了。

郭婷挑眉：「妳不喜歡他？」

葉涵歌掙扎了片刻，目光不由自主地掃向身後跟著她們的沉默男生，想想又覺得事已至此，郭師姐應該不會再把過往的事情當回事，更何況她喜歡景辰也不是什麼錯事。

想到這裡，她六年來第一次對旁人坦白自己的感情：「是的，很喜歡。」

郭師姐點點頭，並不意外：「我就說嘛……」

葉涵歌微微一愣：「什麼意思？」

「那妳知不知道，他也喜歡妳？」

當那種滿懷期待不斷反覆推敲的猜測，終於被另一個人證實後，她的第一反應依舊還是不敢相信和再次確認。

「妳說誰？」

郭師姐卻沒有回答她的問題，像是自言自語，也像是在對她說：「就看在我順利完成畢業專題也有景師兄一份功勞的分上吧。」默念完這句，她抬頭對上葉涵歌的目光，嘆了口氣說，「妳大概也看出來了，我是考試型的，也就是每次成績都挺好，但我對我們科系這些東西真的不感興趣，也搞不懂。可是老闆對我寄予厚望，給我的畢業專題題目比普通大學生的要難。」

葉涵歌不明白這些事情和景辰是否喜歡她有什麼關係，但還是耐著性子聽著，不敢錯過一個字。

郭婷繼續說：「我和實驗室的那些人不熟，他們都挺忙的，我的畢業專題開了題，卻一直沒進展。」

葉涵歌有點不解，這種問題有景辰在，還算是問題嗎？難道是景辰沒發現郭師姐的難處？

郭婷卻突然看向葉涵歌：「直到妳來了我們辦公室，我發現了一件事。」

「什麼事？」

「景師兄喜歡妳，而且對妳們的關係束手無策，所以我就跟他做了個交易。」

郭婷把去年跟景辰說的話又和葉涵歌說了一遍。

葉涵歌不敢相信，所以那天她趕到實驗室發現的「祕密」，其實不是景辰和郭師姐有曖昧，而是郭師姐在和景辰談交易——她幫他追求葉涵歌，他就幫她完成畢業專題嗎？

她的腦海中一下子湧入太多可疑的畫面，他說實驗室裡的同門們有一起吃午飯的習慣，現在她也是實驗室的同門之一，知道大家根本沒這習慣，當時只當他是想藉機邀請郭婷，但其實是一而再再而三地邀請她。

還有去年的平安夜，她以為景辰是因為郭婷名花有主，那個「主」不是自己而傷感難過。如今想想，暗戀多年的人成了別人的女朋友，他當時表現出的傷感難過是不是太不深刻了？尤其是那天晚上，還藉口路滑牽過她的手，怎麼看都不像是個剛剛失戀的人會做的事。

還有郭師姐，她不是個會掩藏自己情緒的人，所以看到她和景辰在一起的時候會露出微妙的表情，當時只覺得她是在不高興，如今想來，怎麼不會是意外發現了別人的祕密後的吃驚呢？也或者是自己的猜測被證實後的了然。

葉涵歌覺得腦袋有點疼，時至今日已經有點想不起來，當初是怎麼推測出景辰喜歡的人是郭師姐的。

她仔細回憶著……好像也只是憑著郭師姐是南城人這一點。至於在她看來的那些他對郭師姐的不同之處，比如她第一次來實驗室時穿得略單薄，結果被他提醒，可郭師姐穿什麼都可以，如今想來，不關心就是穿什麼都可以。而他提醒她或許只是想告訴她實驗室冷，叫她多穿衣服……

她不由得又想起暑假時他們一起逛高中校園的情形。

多年前，她為了多看到他幾次，參加了寒假輔導課。她記得每逢下課，走廊裡就擠滿了出來「放風」的學生，那麼多人中，他竟然總能看到她。景辰說起這話時，她沒多想，現在想來，沒有特別的關注又怎麼會從人群中看到自己？也或許，他坐在門口本來就是為了看她。

至於在圖書館裡坐在她以前常常坐的位子上，那更不會是巧合了，他一定早就發現她總是在那個位子上看書。所以當初他們兩人在固定的時間出現在固定的位子，究竟是誰更目的不單純？

還有假藉著合作公司的名義送她的聖誕禮物……她能想像得到，他是如何笨拙地把那條項鍊塞進了合作公司訂製的禮品盒中。

他喜歡她的蛛絲馬跡太多了，此刻都像泄了閘的洪水一樣洶湧而來，衝垮埋藏在內心深處那時隱時現的自卑，讓她感動得快要落下淚來。

原來當初自以為絲絲入扣的推理猜測，其實都是她的不自信。所以真正被他喜歡了六年，讓他放棄史丹佛回國，他想帶著一起去看煙花的女孩，其實就是她？是她葉涵歌！

虧她還傻傻地自我折磨著，沉浸在自己為自己編織出的悲情故事中不可自拔……

她突然很想跟景辰說說話，拿出手機才想起來，他還在新加坡。

郭婷見狀拍了拍她的肩膀：「我們先往前走了，妳一個人可以嗎？」

葉涵歌後知後覺地點點頭：「我正好有點累，休息一下再爬，妳們先走吧。」

郭婷猶豫了一下，又看了看天說：「那好吧，看樣子等一下可能會下雨，妳也別拖太久。」

就在前一天，景辰收到了景鈺甩給他的論壇網址，看著文章裡那空前絕後的表白場面，從來沒想過紅玫瑰會有這麼刺眼的時候。再看好事者們貼出的她和蔣遠輝看似很登對的照片，還有那些無聊的祝福，他前所未有地覺得心裡異常難受。多年前他姐生日聚會上她發現吻錯了人後說出的那句「怎麼是你」，帶給他的傷痛都沒辦法和現在相比。

怪誰呢？

所以原本老闆開恩，讓他在外面多玩一天的，但他還是在會議結束後就訂了返回金寧的機票。在會議結束的當天半夜登機，又在香港轉機，飛了十多個小時，第二天飛機落地時，已經是下午一點多了。

他迫不及待地第一時間傳了訊息給葉涵歌：『在幹什麼？』

沒人回應，這更讓他不安，巨大的挫敗感從前一天起就始終籠罩著他。

六年了，他最終還是把她弄丟了⋯⋯

路上風塵僕僕，甚至沒有回宿舍去放行李，就直接去了實驗室，希冀著能在那裡看到葉涵歌。雖然還沒想好要跟她說什麼，但只要她出現在了他的視線範圍內，就能稍稍安撫他焦躁不安的情緒。

可惜，她的座位空空如也，看樣子也不像是剛離開的樣子。

有研一的師弟進門看到他，滿臉錯愕：「師兄你怎麼今天就回來了？不是明天晚上才能趕回來嗎？」

景辰沒有回答師弟的問題，而是指著葉涵歌的座位問：「她人呢？」

「你說葉師妹啊？這兩天都沒見到她。」話說到一半，師弟想到了什麼，朝他曖昧地笑笑，「大概是出去約會了吧。」

師弟的笑容和說出來的話狠狠刺痛了他，原本無法引起他絲毫關注的事情此時也清晰了起來——他忽然想到郭婷似乎也是在談戀愛後就不怎麼來實驗室了。

看看，她旁邊的位子就是郭婷的吧？也沒有人，難道她們女孩子都是這樣，談了戀愛就沒有自我了嗎？一定要跟對方黏在一起才算安心嗎？

他從來不知道自己心可以酸澀成這樣，幾乎要奪走他的理智。

「師兄，你找葉師妹有事？」師弟看他臉色不好，小心翼翼地問。

景辰擺擺手，離開了實驗室。

她去哪了？和誰在一起？

每個問題都煎熬著他，理智告訴自己知道了答案也徒勞無功，感情上卻無法控制自己。

這麼多年來，第一次，他深刻地體會到——原來失控的感覺是這樣的……

他撥通了景鈺的電話，明知道不可能，還是多此一問：「她和妳在一起嗎？」

景鈺很快明白過來堂弟指的是誰：『我在圖書館呢。你是問涵歌吧？我聽她說今天要去爬山。』景鈺說完又意識到不對，『你提前回來了？』

然而問完之後，回答她的卻是「嘟嘟」的忙音，對方已經掛斷了電話。

景鈺撇撇嘴：「過河拆橋的小兔崽子！還好有人替我收拾你！」

她去爬山了，和蔣遠輝嗎？果然剛在一起就立刻去約會了……

說好的，他出差回來有話對她說的……他喜歡她六年了，而她連幾天都不願意多等他。

景辰覺得很委屈。

拿出手機來，明明知道不應該，但他忍了又忍，還是沒忍住，撥通了那個再熟悉不過的號碼。

電話過了許久才被接通，幾乎要將他最後一點理智都耗光了。

電話一接通，他劈頭蓋臉地問了一句：「妳不在實驗室？」

對方沉默了片刻，有點傻住了，半晌才說：『我在爬山。』

「一個人在爬山？」

『不是，和朋友。』

景辰正醞釀著怒氣，突然看到迎面走來一個熟悉的身影。

他還沒反應過來，那人已經走近，看到他和他手上的行李箱，懶洋洋地打了個招呼：「喲，師兄你這是要出差還是剛出差回來啊？」

景辰回過神來，葉涵歌在爬山，蔣遠輝這傢伙卻出現在了他面前，這說明什麼？至少說明兩人沒有一起去爬山。

這個簡單的認知帶給他劫後餘生般的喜悅，簡直比當年拿到D大的錄取通知書還要高興。

景辰沒回話，蔣遠輝也不生氣：「哦，對了，我也打算報考林老師的研究生，剛報了名，這段時間可能會有問題要請教師兄你。」

說完也不等景辰回話，揮了揮手道別離開。

景辰卻不由得又皺起眉來——他記得蔣遠輝是打算選擇資訊安全方向的，怎麼突然決定學微波了？還要報考老闆的研究生，這說明什麼？

他剛剛放下的心又提了起來。

電話那邊葉涵歌見景辰突然不說話了，以為是信號不好，又『喂』了一聲。

景辰回過神來問：「在哪裡爬山？是紫英山嗎？」

『嗯。』葉涵歌很快意識到一個可能，『你提前回來了？』

「嗯，剛下飛機。」

葉涵歌沒有去問他為什麼會提前回來，直覺告訴她，或許和她有關。

他說：「妳等我一下，我現在過去。」

『好。』

一個字也沒有多問，也不管他此時過來要做什麼、說什麼，反正她就是想見到他，立刻，馬上！

掛上電話，葉涵歌望了眼山頂的方向，突然又覺得雙腿充滿了力量。她加快腳步朝山頂爬去，而此時天色比剛才更加陰沉，很明顯，一場風雨正在醞釀著，就是不知道是瓢潑大雨還是和風細雨，自然也預估不了會持續多久。

景辰把行李放回宿舍就下了樓，想叫輛車過去，但遲遲沒人接單，正好有班直達紫英山的公車迎面駛來，他沒多想就上了車。

車上的人不算很多，但不巧遇到一群附近中學的孩子。今天是週末，這群孩子或許是剛結束了什麼活動，此時都很亢奮，吱吱喳喳個沒完。

景辰突然想起一件事──他剛才沒有和葉涵歌約好見面的地點，等她下來恐怕還要等上一、兩個小時，自己上去找她明顯最快。

想到這裡，他拿出手機想傳個訊息給葉涵歌，讓她找個地方坐下來等他，這時候才發現車子進入了某研究所工業園區，手機的網路訊號消失了，預計會消失很長一段時間。電話應該是可以打通的，但周圍太吵鬧，他不願意。

他只好用比較原始的方式，寫了簡訊給她：『妳下山時會路過天文臺，在那等我就行，我上去找妳。』

簡訊寫好傳出去後，他依照習慣又確認了一眼，而這一確認，讓他整個人呆住了。

在這一則訊息之前，原來兩人還有過簡訊聯繫——雖然現在大家習慣用通訊軟體，但這也很正常，不正常的是那些聊天內容。

一年多前的某天下午，她傳簡訊給他：『我到你宿舍樓下了，快下來吧。』

他回覆了對方三個問號。

而在那之前一個多月的某一天，她對他說：『你什麼時候才能發現，我喜歡你很久了。』

心臟像是被命運的大手狠狠握住，讓他有一瞬間感到呼吸困難。

他看著那幾則簡訊傳來的日期，仔細回憶著那個時候自己的狀態，某些隱密的過往，關於少女晦澀的情感，好像就此被掀開了一角。

葉涵歌到南城上大學以後換了號碼，因為當時兩人只能算是陌生人，加之那時候他突然出國，所以沒有她的號碼。不過因為有景鈺在，他並不擔心就此沒有了和她的羈絆。

怕景鈺起疑，他很少直接問起她的事情，很多時候是旁敲側擊引導著景鈺去說，也故意把一些希望她知道的關於自己的情況透露給景鈺，比如刻意在社群上表現出來的，一直單身。

景鈺這大嘴巴的特點，不能成為他追求葉涵歌的助力，但也無意間在兩人之間傳遞著彼此的消息，雖然偶有偏差。

這給了他一種錯覺——她就像被他放出去的風箏，看起來遙遠，但只要那根風箏線還握在手中，他就不怕把她弄丟。

所以原本想等學業的事情處理完，在美國安定下來後，找個合適的機會跟她告白的，哪怕兩人談一段異地戀也好。直到那年冬天，他先是在電影院門口看到她和蔣遠輝買了爆米花，打算一起看電影，後來又在景鈺的生日聚會上被她當作另一個人，他才意識到，自己過往的想法何其自負可笑，他握在手裡的這根線就快斷了。

過完年再回到美國後，他做了個在別人看來算得上驚世駭俗的決定——他要回來，回到她身邊。因為他不認為自己哪裡不如那個蔣遠輝，要說差，就差在近水樓臺這一點上。

說實話，回來以後會面對什麼樣的情況，她是不是已經成了別人的女朋友，到時候該怎麼辦……他都沒有考慮過。

所幸回國後從景鈺那裡得知，她還是單身。雖然不知道為什麼沒和跟她一起看電影的男孩子在一起，但在他看來，這是上天給他的最後一次機會了。當然這是後話。

然而在那之前，在誰都不知道他偷偷回國的那段時間裡，他完全沒想到葉涵歌會傳簡訊給他。

她傳給他的第一則，就是她說喜歡他很久了的那一則，記得自己只看了一眼，甚至沒有細想，他就斷定那不是葉涵歌，因為在他的潛意識裡，葉涵歌有個暗戀了很久的人，那人不是自己。而且以往也會不時收到一些類似的表白訊息，想必這則也是來自某些已知他回國的同學。

至於她傳給他的第二則，他更沒有多想，看內容就知道是對方傳錯了。自然也沒有注意到在那之前，對方還傳過簡訊給他。不過那天他因為不願意帶大學生做可重構天線的專案，和曹文博起了點爭執，畢竟剛進入大三的大學生在他看來非但幫不上忙，反而會添亂，如果是女生就更麻煩了。但是礙於老同學的面子，老同學又搬出了老闆這座大山壓他，他不得不屈從，可能因為心裡很煩躁，竟然對一則發錯了的簡訊也回了過去，不過態度不好，只有幾個問號。

這事都過去一年多了，他有點不敢置信，自己竟然一直都沒發現。不由得又想起葉涵歌進入專案組後，他跟她要電話，她一而再再而三找藉口糊弄他的情形，她也怕被發現吧？尤其現在簡訊變成各種商家的騷擾工具後，熟人之間幾乎丟棄了這種聯絡手段，這就成功地讓她小心翼翼地躲藏了一年之久。

景辰突然有了個猜想，或許她對他表白的那則訊息不是她傳給他的第一則簡訊，或許在那之前還有很多很多，只是他沒有看到。

葉涵歌收到一則簡訊，是來自景辰的，讓她到天文臺那裡等他。

不知道為什麼會突然選擇用簡訊來聯絡，不過當她看到一年前傳的那些訊息時，已經沒有了一年前的恐慌，取而代之的是認命般的甜蜜和對未來的期待。

隨著她一步步走到山頂，頭頂上的雲層好像更加厚重了。看了眼山下，紫英山不像黃山，有多麼瑰麗壯闊的風景，但站在高處的那一瞬間，一覽眾山小的衝擊力還是讓她頓覺眼前明朗，心境開闊。

紫英山的進山口和出山口不是同一側，人們通常從山的南側上山，登頂之後從天文臺所在的一側下山。

景辰直接來到了下山口，逆著人流而上，直奔天文臺的方向。

此時天色已經很昏沉了，遊人們也意識到風雨漸近，都加快了下山的腳步。

景辰甚至看到了郭婷和其他幾個眼熟的校友，但郭婷對於在這裡見到他並不意外，只是告訴他葉涵歌還在後面。

景辰加快腳步往山上爬，當他能看到天文臺的時候，已經有大滴大滴的雨點從天而降，而且可以預見這雨勢還會更大。

他掏出手機打給葉涵歌：「妳在哪？帶傘了嗎？」

葉涵歌非但沒帶傘，穿得也少。已經十月了，她只穿了一件單薄的T恤，剛才被雨水打濕，此刻黏在身上汲取著身上的熱度。

『我在天文臺的圍牆外。』她說話時儘量讓自己的語氣沉穩一點，但還是忍不住發抖。

景辰一邊繼續往山上走，一邊問她：「淋雨了嗎？周圍有避雨的地方嗎？」

葉涵歌看了眼自己腦袋頂上那多出來的窄窄的屋簷說：『暫時有。』

「打開手機定位分享，我馬上就來。」

十分鐘後，景辰在天文臺的一處牆外找到了葉涵歌。

天文臺的外牆很古樸，連帶著大門也是，有匾額，匾額上還有大大的屋簷。因為休息日的緣故，此時那扇門是關著的，景辰趕到的時候，葉涵歌正靠在門上望著天空中的雨幕瑟瑟發抖。

此時他也被淋了半濕，快步衝到她身邊。

葉涵歌只覺得眼前一花，伴隨著一陣涼風，身邊已經多了一個他。

她抬起頭打量，因為開會需要的緣故，景辰穿了件白色休閒襯衫，襯衫前襟的一側有不規則的黑色幾何圖案，加之搭配了黑色休閒長褲和白色運動鞋，倒是一點都不顯得商務，算是有點正式又休閒的風格。不過因為淋了雨，他的頭髮微微濕潤，泛著黑亮的光澤，而襯衫的肩膀處還留有斑駁的水漬。

這樣的他突然闖入視線，在這孤寂的雨聲和微涼的山風中，就像一個有點狼狽的貴公子。

葉涵歌還是第一次見到這樣的他，一顆少女芳心又不可控制地狂跳起來。

葉涵歌不知道此時此刻該說點什麼，甚至不敢多看他一眼，怕眼神洩露太多情緒。還好周遭有雨聲，成功掩飾住了她如擂鼓般的心跳聲。

果不其然，在景辰出現以後，剛才的毛毛雨瞬間變成了瓢潑大雨。

此時的紫英山因為這一場突如其來的雨彷彿變成了一座空山，只有他們兩個迷路的旅人被滯留其中。

葉涵歌享受著這一刻兩人只有彼此的曖昧感，悄悄等著他先說點什麼。景辰卻完全不像電話中她感受到的那般急切，這時候也只是安靜地看著外面的大雨，臉上神情淡然，讓人揣摩不透他在想些什麼。

就這樣不知道過了多久，葉涵歌一個噴嚏打破了周遭的靜默。

景辰立刻從雨幕中收回視線，看向她：「感冒了？」

葉涵歌搓了搓手臂：「應該不會這麼快……」

然而還沒等她把那個不確定的「吧」說出口，便感到眼前光線一暗，緊接著某人俊朗的眉眼在眼前放大，伴隨而來的還有額頭上那溫熱的觸感。

葉涵歌怔怔地張著嘴睜大眼睛看著對方，回過神時，對方卻已經重新站好。

葉涵歌仔仔細細回憶著剛才那一瞬間發生的事情……所以他是在用他自己的額頭試她的體溫嗎？

似乎覺得她的表情有點大驚小怪，他瞥她一眼問：「試體溫不是都是這樣嗎？」

是嗎？原來別人家試體溫都是這樣？她感到自己過往的一切都被顛覆了。

「不是可以用手嗎？」她也不知道自己為什麼會問出這句話。

景辰面不改色：「我手涼，摸什麼都覺得熱，能測出什麼來？」

「那也不能……」葉涵歌不知道該怎麼說出口。

「不能什麼？」

剛才那一瞬，他突然靠近，那還是她人生中第一次在清醒的時刻離一個異性那麼近，近到兩人的鼻尖近到呼吸交纏，近到她以為他要吻她……

再想想剛才自己的反應，簡直像個傻子一樣，說不定還有不經意流露出的渴望，肯定被看得清清楚楚。

他不是喜歡她好多年了嗎？那為什麼不肯說，寧肯讓她誤會，看她笑話，看她在他製造出的泥潭裡掙扎，而自己則是乾乾淨淨地站在岸邊，連鞋尖都沒有弄髒一點。

葉涵歌有點生氣，也有點洩氣：「沒什麼，反正我覺得不好，男女之間難道不該保持適當的距離嗎？說什麼試體溫，回去有溫度計和醫生，在這裡就算試出我發燒又能怎麼樣？」

她也不知道自己在說些什麼，只知道這一次丟臉丟大了。

她還想再說點什麼，卻聽身邊的人突然嘆了口氣，幾乎和剛才一模一樣的場景再度發生，但是不同的是，這一次感受到體溫的不是額頭，而是嘴唇。

她意外，原來一個人的唇可以這麼柔軟，帶著點微涼的觸感，讓人清醒又讓人沉淪。

沒有沉淪太久，他的唇如蜻蜓點水般一觸即分。但也沒有離開她太遠，始終保持著和她呼吸可聞的距離，用近乎癡迷的眼神望著她：「其實這才是我最想做的事，早在很多年前就想對妳做的事。」

葉涵歌看著他近在咫尺的臉，聽到他說的每一個字，卻不敢確定那些字組成的句子是不是自己想的那個意思。

景辰看了她片刻突然笑了，那笑聲很低沉，與以往不同，因為兩人距離太近，她覺得似乎是從他的胸腔中傳出的。

他說：「妳那是什麼表情？」

葉涵歌能從他漆黑的瞳仁中看到自己潮紅的臉，卻也看不清自己此刻究竟是什麼表情。

他又說：「那麼，再來一次好嗎？」

不等她回話，他就當她默許，直接吻了下來。

與剛才那個蜻蜓點水的吻不同，這一次他吻得繾綣，極有耐心。她感覺到那柔軟又微微發涼的唇在自己的唇上小心描摹著，而她已經在不知不覺中將渾身上下所有的感官神經，都放在了兩人肌膚相親的地方，忘記了一切，包括呼吸。

不知道自己這樣忍了多久，意識到不妥而習慣性張嘴喘氣的剎那，卻又讓他得以長驅直入，被帶著進入了一個新的世界。

不知道過了多久，景辰才鬆開了她，而下一秒又緊緊將她擁入懷中。此時的葉涵歌早已被吻得氣息不勻，他看起來倒是鎮定自若，如果不是被他擁在胸口處，如果不是親耳聽到他如擂鼓般的心跳，葉涵歌幾乎要懷疑這人根本沒有動情。

她感受到他的下巴微微蹭著她頭頂的頭髮，像是無聲的安撫。

他說：「做我的女朋友吧。」

聚集在唇上那一點的血液終於流淌開來，僵硬了許久的四肢百骸終於甦醒。

周遭的風聲雨聲重新入耳，她終於反應過來，回抱住他。

就在兩人相擁的那一剎那，她感受到懷裡的人微微顫慄了一下，轉瞬間又放鬆下來，將自己抱得更緊。

葉涵歌問：「從什麼時候開始的？」

景辰明白她問的是什麼，略微停頓了片刻說：「不確定是從什麼時候開始的，大概就是在妳高一那年的那個冬天吧。」

是巧合嗎？竟然是在同一個時候喜歡上對方的。

葉涵歌問：「那年發生了什麼事嗎？」

「沒什麼事。就是我發現我注意到的漂亮女孩，也不是只有乖巧可愛的一面，也會在別人看不到的地方扯著嗓子唱那麼難聽的歌。」

「別說了……」這算是她人生中最不堪回首的黑歷史了。葉涵歌像鴕鳥一樣把腦袋深深埋入他的胸前，還不忘用小拳頭在他腰後的地方警告地狠狠敲了兩下。

額頭下溫熱的胸膛微微起伏，伴隨而來的又是他低沉的笑聲。

他沒打算放過她，接著說：「真的，我當時就在想，什麼歌這麼難聽呢？後來把妳送回去後，特地上網查了一下那首歌，還好還記得幾句歌詞，很快查出來是周傑倫的〈青花瓷〉，從此他就成了我心中的爛歌代言人。很久之後我才明白，那不是〈青花瓷〉的錯，也不是周傑倫的錯，〈青花瓷〉之所以被我視為最難聽的流行歌曲，還是要歸功於某人的二次創作。和原唱對比之後才知道，妳當時竟然沒有一句在調上……」

她快哭了，這是告白嗎？這是淩遲吧！

她伸手去捂他的嘴，卻被他輕巧地捉住，放在唇邊親了親。

「你再說！」見他又要開口說話，她警告他，「我還沒說要做你女朋友！」

他被威脅到了，向她道歉：「對不起。」

她收回手，有點不自在：「我隨便說說的，你怎麼還鄭重其事起來……」

他重新將她摟進懷中：「我是說，過去這六年，對不起。」

也不知道自己哪來那麼多澎湃洶湧的情緒，這麼一句話，又把她惹得鼻子發酸。

頭頂上傳來景辰溫柔的聲音：「是我瞻前顧後太膽小，起初怕耽誤妳讀書，後來以為妳喜歡別人，又怕被拒絕，所以到現在才說喜歡妳。妳還願意給我一次機會嗎？做我的女朋友。」

他膽小嗎？或許是吧，不然早該明確地讓她知道他的心意。可是他又做了許多人不敢做的事，為了她自作主張地偷偷回國，哪怕和她前途未卜，他也願意放手一搏。

如果他們陰錯陽差地錯過彼此，她還是那個她，可以繼續默默喜歡他，直到遇到另一個足以讓她心動的人。也或者哪一天醒來，她就決定該專注於自己的生活，該向前看了。但是他的人生，卻已經因她的存在而改變。

想到他發在社群上的那些動態，戴著尾戒握著方向盤的手、一個人的晚餐，別人的繁花似錦與他的形單影隻，以及伊斯克爾河上孤獨而絢爛的煙花……想到這些，她的心不可抑制地疼痛起來，不那麼尖銳，卻清晰而持久。

他還在等著她的答案，她卻裝出一副不太高興的樣子：「你說要帶人看煙花是怎麼回事？」

他先是愣了一下，而後想到了什麼，不由得笑了。毫不意外她看過自己的社群，他發那些東西就是為了被她看見。

「沒錯啊。」他說，「我想帶妳去看煙花，也想帶妳去看一號公路上的風景，不僅如此，還想和妳一起走未來所有要走的路，看所有沿路的風景，參與彼此人生的每一分每一秒，把因為膽小遲疑錯過的六年光陰全部補回來。我想這樣，妳呢？」

葉涵歌覺得自己的心在一點點地融化，在這大雨滂沱的孤山中。她感動到想哭，卻故意繃著臉說：「你什麼時候開始喜歡愛黛兒的？」

「我不喜歡任何歌手，不過對愛黛兒比對周傑倫觀感好一點。」

想不到自己喜歡了多年的人竟然不能跟自己一樣欣賞偶像的好，她的心裡略微失落。

「那你為什麼會在社群上放愛黛兒的歌？」

「因為妳喜歡。」

葉涵歌剛想問他，她什麼時候說過自己喜歡愛黛兒了，轉念又想到某一段時間，愛黛兒在同學之間的確很風靡，那個時候好像自己不喜歡她就是落伍了、不懂得欣賞，所以除了周傑倫，她偶爾也會提起愛黛兒。

想不到，她自己都不記得的事，卻被眼前的人記得清清楚楚。

「都是我喜歡的歌手，怎麼你的態度差別那麼大？」

他能說自己嫉妒所有被她關注過的男性嗎？哪怕是見不到面的偶像。

他不由自主地斂起了笑容：「哪有那麼多為什麼？」

葉涵歌悻悻地嘟囔著：「不願意回答算了。」

「對了。」她豎起一根手指，「最後一個問題——去年平安夜我們玩狼人殺的時候，你跟我說了一句話，你還記得嗎？我沒聽清楚你說的到底是什麼。」

景辰只微微皺眉想了一下，垂眸再看她時，眼裡又浮上了繾綣溫柔到足以溺死人的笑意。

「我說……」他一字一句地重複著那天晚上的那句話，「我喜歡妳。」

而那之後，他當著所有人的面對她說：「我剛才說的話是真的，妳是預言家的話，來驗驗我吧。」

葉涵歌覺得，自己是這世界上最最幸運的人，她何德何能，讓這麼好的男孩子愛她六年。她感謝歲月眷顧，哪怕這段感情蟄伏六年之久，但他們依舊沒有錯過彼此，而且在往後的漫漫人生路上，他們還可以相扶著走過下一個六年，兩個六年，甚至許許多多個六年……

鼻子好酸，眼眶好熱，喉嚨好乾，但她還是無比堅定無比虔誠地回應著他：「我也喜歡你，六年了。」

「那麼，可以再親妳一次嗎？」

年少時，三年五載就可以是一生一世。

他們朝著彼此的方向踽踽前行六年之久，彷彿只為了赴今天這場空山細雨中的約會。

暗戀是最孤獨又最美好的戀愛形式，在我悄悄喜歡上你的那一刻，我的人生因為一個與你有關的祕密開始綻放。

——正文完——

番外一　占為己有

研三的師兄畢業了，座位空出來沒多久，很快就被跟專案的大學生占了。可能是因為這兩年資訊學院的女生越來越多，這一次參與實驗室專案的兩個大學生都是女生。儘管如此，女生在實驗室裡依舊是稀有物種，尤其是郭婷還總是不在實驗室。

這樣男女比例嚴重失衡的環境下，少數派總是更容易建立起友誼。漸漸地，兩個學妹跟葉涵歌熟悉了起來，學妹們有什麼事都喜歡找她。她也有耐心，對學妹們的問題向來是知無不言，言無不盡。

幾人熟悉了以後，兩個學妹討論什麼也不再避著葉涵歌。後來葉涵歌發現，她們討論最多的不是專案上的問題，而是景辰。

女生甲：「妳覺不覺得，景師兄的真人比照片帥多了，而且讓人百看不厭，越看越帥？」

葉涵歌正在看書，聽到女生甲這麼說，也很想出聲表示一下自己的認同。她一直覺得論壇上景辰那張照片絕對將他醜化了，不過礙於自己如今師姐的身分，只能矜持地聽聽。

女生乙：「我就是為了他才選擇到林老師這來跟專案的，不然微波相關的案子多難啊，想混加分還是其他幾個案子更划算！」

葉涵歌不自覺地點點頭，看來大家的想法都差不多。

兩個女生正小聲議論著，身後突然傳來腳步聲，葉涵歌回過頭，正對上蔣遠輝的笑臉。他只跟她點頭打了個招呼，也沒多說什麼，直接走向靠窗的景辰。

葉涵歌長長呼出一口氣。說實話，她也不知道蔣遠輝是怎麼想的，當初他感興趣的方向明明是資訊安全，不知道後來怎麼突然對微波相關的課題研究感興趣了，不時往他們實驗室裡跑，漸漸和實驗室的師兄們都混熟了，有時候還會拿著數學題來實驗室找人解答。最奇怪的是，他不找別人，只找景辰。

不過想來這跟她關係不大，畢竟她和景辰的關係雖然沒有刻意公開，但是熟悉的人都知道，包括蔣遠輝在內。而且他們之間該說的話她自認已經說清楚了，相信蔣遠輝這麼聰明開朗的人，不會一定要在她這棵歪脖子樹上吊死。

這時候，身邊傳來女生甲小聲的嘆息：「我們學院的師兄都這麼帥啊，其實蔣師兄也很帥。」

女生乙：「可是為什麼他每次來都直奔景師兄啊？莫非……」

兩個女孩對視一眼，都在彼此眼中看到了一抹恍然大悟。

葉涵歌回過神來，覺得好笑。蔣遠輝堅持不懈地幫景辰裝熱水的那段日子，她也懷疑過，後來才知道是景辰那傢伙故意算計了蔣遠輝。不過再看不遠處一站一坐的兩個男生，從某個角度看還真挺般配。而正在這時，景辰突然回過頭來，視線毫無預兆地掃向葉涵歌她們的方向。

偷看某人被抓包，葉涵歌強作淡定，假裝沒事一樣挪開視線低頭看書，身邊的兩個女生卻不淡定了。

女生甲：「我們剛才的聲音很大嗎？景師兄不會聽到了吧？」

女生乙安慰她：「不會的，隔這麼遠呢！不過剛才景師兄在看誰？」

女生甲嘻嘻一笑：「妳這麼好看，當然是在看妳了！」

女生乙嗔怒：「別瞎說，小心被人家聽到！」

女生甲嘆息：「也不知道景師兄這種人會喜歡上什麼樣的人。」

女生乙：「是啊……那人上輩子肯定拯救了銀河系吧。」

兩個女生你一句我一句地小聲議論著。

葉涵歌邊聽邊自矜地笑笑，把手上的書翻過一頁。

身邊兩個女生的說話聲突然停了，下一刻她的桌面被人輕輕敲了幾下。她不明所以地抬起頭，正對上了景辰那張沒有表情的臉。

他只是淡淡地看她一眼，二話不說就朝著辦公室外走去。

蔣遠輝不知道什麼時候已經走了。葉涵歌看了眼景辰離開的方向，有點莫名其妙——憑她對他的瞭解，他剛才看她那一眼好像是生氣了。可是他生什麼氣呢？難道是嫌棄蔣遠輝有事沒事來騷擾他，所以遷怒於她嗎？

她不情不願地跟出去，剛一離開座位又聽到兩個學妹花癡道：「師兄剛才那表情妳看到了嗎？好酷啊！」

這一次，葉涵歌無法苟同了！

走廊上已經沒有景辰的身影，她熟門熟路地走向樓梯間，剛推開沉重的鐵門，就感覺手臂上一緊，眼前一花，她已經被人壓在了牆壁上。

葉涵歌看清來人，驚魂未定地拍了拍胸口：「你嚇死我了。」

景辰稍稍拉開和她的距離，面無表情地問：「好看嗎？」

葉涵歌不明所以地看著他：「什麼好看嗎？你嗎？」

她還想說這人什麼時候這麼自戀了，就見他非常認真地說：「妳剛才看了他好幾眼。」

葉涵歌愣了愣，這才反應過來，她剛才偷看他時，被他誤以為是在看蔣遠輝了。

她忍著笑說：「也沒有好幾眼吧？」

景辰本來以為葉涵歌的正常反應應該是解釋一下，或者直接否認，誰知道她竟然承認了。

蔣遠輝莫名其妙地要考微波專業，還不時地在他們實驗室出沒，雖然沒再糾纏葉涵歌，但是這並沒有減輕景辰的危機感。

曹文博勸他有什麼想法要及時和葉涵歌溝通，可是這種事讓他怎麼說，難道他不要面子的嗎？

想到情敵過於頑強的意志力，他頗為懊惱，低頭對上某人無辜的大眼睛，便再也忍不住。

「我不好看嗎？妳還看別人。」

葉涵歌差一點沒忍住笑，一本正經地點了點頭說：「好看啊，所以你從來不缺觀眾，一舉一動都有人幫你配字幕……」葉涵歌學著兩個學妹的語氣誇張地說，「師兄好帥！師兄好酷！」

景辰愣了一下，才反應過來她指的是新來實驗室的那兩個大學生。

他不自在地咳嗽了一聲問：「所以，妳覺得呢？」

「我覺得什麼？」葉涵歌故意問。

「帥嗎？酷嗎？」問這話時他要克服內心的羞恥感，幾乎不敢看葉涵歌，但是在下一句脫口而出前，他卻望向她的雙眼，「想占為己有嗎？」

很顯然，葉涵歌沒辦法認真回答這幾個問題——她笑到快要岔氣了……

「有那麼好笑嗎？」頭頂上方傳來某人壓著怒氣的問話。

葉涵歌抬起頭來，正想回答他剛才的問題，但看到他那不滿又熾熱的眼神時，頓覺大事不妙。下一秒，眼前一黑，他已然吻了下來。

樓梯間空蕩蕩的環境總能將一點細微的聲音放大，樓下傳來開門聲，緊接著是一個男生的說話聲。葉涵歌緊張死了，拚命去推面前的人，可景辰像是在她面前紮了根一樣紋絲不動。樓下的說話聲始終沒斷，所幸聽聲音那人似乎是在講電話，也沒有要上樓的意思。但是只要對方轉過一個角度往上看一眼，也一樣能看到吻在一起的兩個人。

葉涵歌壓抑著自己，生怕一不小心發出一點聲音被樓下的人聽見。

不知過了多久，那人總算講完了電話，景辰也緩緩離開她，氣息不勻地垂眼看著她：

「妳現在可以回答我了。」

葉涵歌抿嘴笑，緩緩說：「很帥，很酷，很想占為己有。」

面前的大男孩總算滿意了，鬆開了她，換成拉著她的手，十指相扣。

他拉著她往樓下走。

她問：「去哪裡？」

他說：「妳可以帶著妳的戰利品招搖過市了。」

葉涵歌狂笑：「要不要乾脆去論壇上發個文，說你景辰已經是我的人了，其他人不論男女都不要再有非分之想。」

只是一句玩笑，誰知道他頗為認真地點了點頭說：「必要的時候，我覺得可以。」

正好葉涵歌看書看得有點累了，就拉著景辰去東門外買冰淇淋，小店正在放周傑倫的歌。

景辰突然說：「我聽了一下他的歌，覺得還不錯。」

葉涵歌很高興：「那你最喜歡哪首歌？」

景辰看她一眼，笑得頗有深意：「〈青花瓷〉。」

葉涵歌一聽就知道他是在揶揄她：「你其實只聽過〈青花瓷〉吧？」

景辰笑了：「好吧，是〈不能說的祕密〉。」

葉涵歌有點意外：「為什麼是這首？」

他突然湊到她耳邊輕輕地哼了一句：「最美的不是下雨天，是曾與你躲過雨的屋簷……」

這是葉涵歌第一次聽他唱歌，意外地好聽，讓人心動。

她抬起頭來看他，他一本正經地說：「好的，我允許妳現在更愛我了。」

葉涵歌反應過來後，笑著想打他，卻被他捉住手腕帶入懷中：「幸好我們不會只相戀這一季，未來每一個日升月沉，每一次春秋更迭，我都要和妳在一起。」

此時，不遠處僵立了很久的女孩回過神來看了看身邊的夥伴：「所以說，景師兄和葉師姐才是一對？」

小夥伴不可置信：「所以，上輩子拯救銀河系的那位，其實就潛伏在我們當中，天天看我們發花癡？」

番外二　餘生有你

夏日的午後，研究生辦公室裡靜悄悄的，葉涵歌和景鈺吃過午飯，湊在一起小聲聊著天。

景鈺掃了眼不遠處正在寫論文的景辰問：「聽說妳和我弟打算在小長假的時候出去玩，去哪呀？」

葉涵歌看了眼景辰，說：「可能去廈門，但還沒確定哪天走。」

「現在還沒確定嗎？越晚機票和酒店越不好訂啊！」

「回頭我們商量一下吧，我感覺他這幾天挺忙的。」

葉涵歌心不在焉地回了一句。

其實真的是因為景辰太忙嗎？好像也不是。她總覺得他這幾天的態度怪怪的，雖然對她還是和以往一樣好，但是明顯能感覺到他的情緒不佳，像是在生氣，可是問他時，卻又什麼都不肯說。

葉涵歌想到從網路上看到的那些戀人變心的過程表現，也開始不自信起來，難道景辰已經沒有那麼喜歡她了？

這事不能想，想想都難過！

正暗自傷感著，景鈺卻朝她擠眉弄眼起來：「對了，妳們出去要住同一間房吧？之前不是還只是親親抱抱嗎，這下好了，我弟守了那麼多年的貞操要交待出去了！」

葉涵歌沒想到景鈺會突然在辦公室裡說起這種事，生怕隔牆有耳被人聽到，更怕被不遠處的景辰聽到，顯得她多麼急於「獻身」似的。

她連忙紅著臉去捂閨密的嘴，景鈺卻更加肆無忌憚地笑個沒完。

她擔心地回過頭看景辰，果然她們這裡的小動作還是驚動了他，她看過去的時候，他也剛好看過來，但是很快又面無表情地移開了視線。

葉涵歌突然有點意興闌珊，對景鈺說：「我覺得也不一定，我們最近好像在鬧彆扭。」

景鈺笑夠了問她：「為什麼鬧彆扭？」

「我也不知道，所以才說是『好像』。」

景鈺想了一下，壓低聲音說：「沒事，我保證你們從廈門回來後就什麼矛盾都解決了，沒有什麼矛盾是那種事解決不了的，哈哈哈哈……」

又來了……

葉涵歌只好又去捂她的嘴，兩個女生這麼鬧了一陣子，突然聽到身後傳來一聲極輕的咳嗽聲，回頭一看，是最近剛進實驗室的大四師弟。

這師弟是導師安排跟著葉涵歌一起做專題的，聽說在大學生裡還是個名人，人稱「小彭于晏」，喜歡他的女生不計其數。但在葉涵歌看來，這說法肯定有誇大的成分在。

平心而論，這小師弟雖然和彭于晏有幾分神似，但無論顏值還是身材，都和景辰沒得比。至少鼻樑沒有景辰挺，下巴沒有景辰性感，眼睛也沒有景辰深邃，身高倒是和景辰差不多，只是過於單薄，一看就沒有景辰結實，而且就連走路的樣子都沒景辰好看。

不過小師弟明顯比景辰更喜歡跟人打交道，進實驗室不久就和師兄、師姐都混熟了，因為和葉涵歌做同一個專題，所以和她更熟一點，總喜歡找她請教問題。

景鈺見他是來和葉涵歌討論正事的，也就沒再耽誤他們，起身離開了辦公室。

景鈺離開後，小師弟就坐在景鈺剛才坐過的位子上，找出一篇論文中幾處不懂的地方向葉涵歌請教。

葉涵歌剛看了兩行，身後突然伸來一隻骨節分明的手，將她手中的論文抽走了。

「這篇有什麼看不懂的？我來看看。」

葉涵歌回過頭，是景辰。

小師弟沒想到平日裡高冷的大師兄會親自過來替他解答疑問，連忙站起身恭恭敬敬地指出幾處不懂的地方。

景辰看過之後沒有立刻回答他的問題，而是有點疑惑地打量了他一眼：「這部分內容用你大三的課程知識就能解答。」

這話景辰說得含糊不清，但葉涵歌猜他真正想說的應該是：「你這樣的水準是怎麼保送研究所的？」

小師弟明顯也聽出來了，尷尬地聽完景辰的解答，灰溜溜地離開了。

景辰從來就不是個容易親近的人，但以前對實驗室的師兄弟們都算溫和，今天對待這位師弟的態度卻一點都不溫和，甚至有點不客氣。

葉涵歌想了想，還是把這其中的原因歸結在了自己身上——他一定是在和她生氣，所以面對和她有關的人時也都帶著情緒。

想到這裡，葉涵歌也有點生氣，他們之間有什麼問題不能明說呢？又有什麼問題至於遷怒到別人呢？

所以當景辰說他晚上要去和他父親的朋友吃飯的時候，她也故意擺出冷淡的態度。

簡單的對話過後，周遭有一瞬間的靜默，她低著頭，收拾著桌上的書本，做出忙碌的樣子，耳朵卻一直豎著，聽著身後人的動靜。

好半天，沒聽到他離開的聲音。

片刻後他又說：「我和老闆說過了，小長假的前一天下午走吧。」

葉涵歌收拾東西的動作頓了頓，想到能跟他一起出去玩還是很高興的，但面上不想被他看出來，只是淡淡地「嗯」了一聲。

景辰也沒再說什麼，重新回到了座位上。

葉涵歌不知道這算不算冷戰，但她很清楚自己因此而心情不好。想到景辰晚上不會再去實驗室，吃過晚飯，她也直接回了宿舍。

宿舍裡只有她一個人，之前追得很勤的電視劇如今看來也都沒有什麼意思。

她百無聊賴地傳了個訊息給景鈺，問她是不是和曹師兄出去了。

片刻後景鈺回了過來：『哪有呀，和我爸的一個朋友吃飯呢。哦，對了，景辰也在。』

葉涵歌這才想起來，景辰父親的朋友很可能也是景鈺父親的朋友。

葉涵歌隨意回了個貼圖，將手機丟在了一旁。

片刻後，景鈺又傳了訊息過來：『這飯吃得太無聊了，都是我爸那年紀的人，我和景辰都插不上話。哦，對了，我剛才看到景辰在訂機票和酒店呢，哈哈！』

葉涵歌看到訊息，想了想，還沒想好該回什麼，景鈺的訊息又傳過來了：『我弟上廁所去了，手機沒拿，我來看看他訂的是哪個飯店……』

葉涵歌對景鈺這類小動作早已習以為常，也沒在意，起身去浴室洗了個臉，再回來時卻看到景鈺連傳了幾則訊息。

『我暈！我弟這純情男子竟然訂了個雙床房！』

『他如果不是我弟，我真要懷疑他是不是有什麼隱疾了！或者性取向有問題！』

『哦，不對，就算是我弟，我也有理由懷疑他！』

『還是不對，為了我們景家之光，應該相信他！』

『……我暈！我還是無法接受他居然這麼蠢！難怪他過去單身這麼多年！』

葉涵歌陰鬱了一整天的心情，在這一刻成功地被景鈺這活寶治癒了。

她突然很想找個人發發牢騷，也就不挑對象了，順手就回了句：『我也不懂！抱著女朋友睡覺不好嗎？』

可是景鈺沒有立刻再回過來，葉涵歌只當她在忙，也沒太在意。

幾天後的下午，景辰來接葉涵歌去機場，這幾天兩人雖然沒吵過嘴，但那種令人不快的微妙氣氛還在持續。

就這樣一直到了廈門，入住酒店後，葉涵歌看到房間中央的那張足足有兩米寬的大床時，有一瞬間的恍神。

說好的雙床房呢？在眼下這麼尷尬的氣氛下，她要怎麼跟他睡同一張床？

景辰卻好像沒事一樣，一邊收拾著行李，一邊催她去洗澡。

其實這還是兩人在一起後第一次這麼共處一室，本來應該很甜蜜的，卻因為還在莫名其妙地冷戰，所以葉涵歌也不敢有什麼期待。

她用最快的速度洗了個澡，穿上自己精心準備的小熊睡衣，因為怕耽誤他洗澡，連頭髮都沒澈底吹乾就出了浴室。

「我洗好了，你去吧。」

他應了一聲，走進了浴室。

她說話時都不敢看他，也不知道他是什麼表情，但聽聲音還是冷冰冰的。

她不由得又有點喪氣，對著鏡子照了照自己身上的小熊睡衣，頓時覺得自己蠢透了——

都這樣了，難道還指望他有心情欣賞一下自己的睡衣嗎？

正好也累了，不如早點睡覺！

想到這裡，她委屈地上了床，用被子蓋住半張臉。

但一時半刻也睡不著。

沒多久，浴室的水聲停了，她聽到開門的聲音，還有窸窸窣窣像是在擦頭髮的聲音，最後，床的一側微微塌陷了半寸，她知道是他上床來了，但沒回頭也能感受到，兩人的距離應該挺遠的。

那何必訂個大床房呢？雙床房不是更好嗎？

想到這裡，她摸出枕頭下的手機，傳訊息給景鈺：『妳不是看到他訂了個雙床嗎？怎麼變成大床房了？』

過了好一會兒，景鈺回了個聊天截圖給她。

她不明所以地點開來看，下一秒只想原地爆炸！

景鈺竟然把她傳給她的那句『我也不懂！抱著女朋友睡覺不好嗎？』截圖傳給了景辰！

而景辰竟然還煞有其事地回了句：『好的，我知道了。』

這是什麼狗屎劇情啊！

葉涵歌簡直無地自容，她就知道這閨密是不能要了！

她一激動，情不自禁地蹬了一下腿，卻不知道景辰什麼時候竟然挪到了自己身後，她這麼一蹬，正好蹬到了他的小腿。

她剛要縮回腳，就感覺到腳腕被某人牢牢握住。

還來不及反應，那乾燥溫熱的手又順勢向下，輕輕撫過她的腳掌，包裹住了腳趾。

「腳怎麼這麼涼？」

她耳後的皮膚隱約能夠感受到他說話時呼出的氣息，他們的距離非常近……

說好的冷戰呢？怎麼突然變成這樣了？

葉涵歌彷彿突然失去了所有的行動能力，所有的感覺似乎都集中在了被他握在手掌中的那隻腳上。

「不是雙床嗎？怎麼換成大床了？」

我的天！她在說什麼！為什麼要在這種時候說這樣的話？

她慶幸此刻的自己是背對著他的，不然被他看到她紅透的臉，那可太丟人了！

景辰卻似乎笑了一聲說：「怎麼樣也該尊重一下女朋友的意見吧。哦，還有……」

葉涵歌只覺得這後面不會有什麼好話，但還是順著他問了一句：「還有什麼？」

那隻手在這個時候離開了她的腳掌慢慢向上，撫過她的小腿、大腿，最後按著她的肩膀將她轉過身來，讓她仰躺在了床上，而他已經支起半截身子居高臨下地看著她。

「順便證明我性取向正常，身體健康……」

說著，葉涵歌只看到他突然垂下的睫毛漸漸逼近自己，下一秒那種熟悉的、溫軟的觸感再度覆上了她的唇。

她要哭了，景辰吻她已經不知道多少次了，但每一次還是能讓她激動到窒息！

而這一次又與以往的任何一次都不相同，這個吻過於纏綿悱惻。她知道即將發生什麼，清醒又迷離地期待著。

就在這時，葉涵歌的手機突然響了起來，感覺到面前的人停下了動作，她也在這一瞬間恢復理智，周遭流動著的曖昧氣息好像在那一瞬間靜止凝固，最後被擊得粉碎。

他們原本不想理的，景辰直接把她的手機塞到枕頭下。房間裡再度安靜下來，兩人嘗試著重新投入，可就在這時，手機又響了。

葉涵歌鑽出被子，擔心對方真有什麼事情，拿過手機一看，來電的人竟然是那小師弟，再看景辰的臉色，可以說是非常難看了。

既然如此，還是接吧。

『師姐，我有個問題一直沒想通，想和妳再討論一下，不知道有沒有打擾到妳？』

房間裡很安靜，葉涵歌的手機聽筒聲音又不小，師弟的聲音幾乎就像擴音播放一樣，讓房間裡的兩人都聽得清清楚楚。

她看了眼已經靠坐在一旁的景辰，猶豫了一下說：「你說吧。」

然而師弟究竟說了什麼，她卻一個字也沒聽進去，因為就在她說出那句「你說吧」之後，她看到景辰的臉色明顯變了，好像剛才發生的一切都沒有存在過，他們又回到了前些天彆彆扭扭的冷戰期間。

在這一瞬間，葉涵歌突然想明白了一些事——難不成他其實一直在吃師弟的醋？

想到這裡，陰鬱了好些天的心情終於放晴了，看景辰板著臉也覺得無比可愛。

電話裡，小師弟還在闡述自己的想法，手機卻在下一秒被人抽走。

葉涵歌目瞪口呆地看著景辰言簡意賅地回答完了師弟的問題，當她反應過來要笑的時候，手機卻再度回到了她的手上。

「妳告訴他，以後他的問題被妳男朋友承包了，不要再來打擾妳！」

葉涵歌直接掛斷了電話，因為用不著她轉達，剛才景辰說的話師弟應該已經聽到了。

見她只是直接掛上了電話，他似乎更不高興了。

她卻心情很好地問他：「你吃醋了？」

「沒有。」迅速地否認過後，他似乎又猶豫了一下，「有點。」之後好像又覺得不妥，接著補充了一句，「不是『有點』。」

葉涵歌覺得自己要幸福死了，一反常態地主動，直接撲進景辰的懷裡。

某人還在強撐：「這次不是一點點，妳這個程度的投懷送抱完全沒用。」

她仰頭吻住他的唇，輕輕摩挲著，直到感受到他略微淩亂的呼吸和漸漸收緊的擁抱，才又停下來問：「那這樣呢？」

一個天旋地轉，再度被他壓在身下，溫熱的氣息撫過她的耳郭，她聽到他略帶沙啞的聲音：「勉勉強強吧，還需再接再厲。」

葉涵歌不由得笑了，緊緊環住他結實的肩膀。

這一刻，她想，自己真幸福啊，因為這個填滿了她整個青春的男孩，或許還將填滿她的餘生。

——全文完——

高寶書版集團
gobooks.com.tw

YH 061
喜歡你暗戀我的樣子（下）
作　　者　烏雲冉冉
責任編輯　吳培禎
封面設計　鄭婷之
內頁排版　賴姵均
企　　劃　何嘉雯

發 行 人　朱凱蕾
出　　版　英屬維京群島商高寶國際有限公司台灣分公司
　　　　　Global Group Holdings, Ltd.
地　　址　台北市內湖區洲子街88號3樓
網　　址　gobooks.com.tw
電　　話　(02) 27992788
電　　郵　readers@gobooks.com.tw（讀者服務部）
傳　　真　出版部(02) 27990909　行銷部 (02) 27993088
郵政劃撥　19394552
戶　　名　英屬維京群島商高寶國際有限公司台灣分公司
發　　行　英屬維京群島商高寶國際有限公司台灣分公司
初　　版　2021年 12 月

國家圖書館出版品預行編目(CIP)資料

喜歡你暗戀我的樣子/烏雲冉冉著. -- 初版. -- 臺北市：英屬維京群島商高寶國際有限公司臺灣分公司, 2021.12
冊；　公分. --

ISBN 978-986-506-297-2(上冊：平裝). --
ISBN 978-986-506-298-9(下冊：平裝). --
ISBN 978-986-506-299-6(全套：平裝)

857.7　　110018764